Noyé dans ses yeux

Aëla Liper

ISBN-13: 978-1518857683

ISBN-10: 151885768x

REMERCIEMENTS

Je remercie ma mère, Yannick et Magali pour leur relecture commentée et avisée.

Merci également à Céline et Sébastien d'avoir donné vie à cette sublime couverture.

Un grand merci à Benoît le photographe qui l'a réalisé !

Merci à mes amis de m'encourager dans ma passion dévorante pour l'écriture.

Et enfin merci à toi, cher lecteur, d'avoir mon roman entre tes mains, j'espère que tu passeras un agréable moment avec mes personnages.

Très bonne lecture !

1.

Christelle
La Baule, 29 octobre

— MA-MAN ?! crié-je du haut de l'escalier, vêtue d'un tee-shirt long me servant de chemise de nuit.

— Oui, ma chérie, me répond-elle de sa voix toujours douce.

— Tu sais où est mon petit pull gris ? Je ne le trouve pas !

— À sécher.

— Mais c'était le seul qui allait avec ma jupe noire !

— Qu'est-ce que tu veux que je te dise ? Je n'y peux rien si tu as oublié de faire tourner la machine.

— Grrrrrr…

C'est toujours pareil quand je suis en retard, je ne trouve jamais rien à me mettre. Tout ça, c'est la faute de « Derrière toi » : ce roman est addictif, et à la fin de chaque chapitre, j'avais envie de connaître la suite. Résultat, à deux heures du matin, j'avais atteint la page trois cents de ce pavé de sept cents pages. Et je n'ai pu lâcher le livre qu'une heure plus tard.

Tant pis, un jean et une chemise blanche, ça fera l'affaire.

Je pars en claquant la porte. Énervée et extrêmement fatiguée. Sans un mot pour ma mère.

J'arrive à la fac à 10 heures 08, en retard pour mon premier cours. Devant la porte de l'amphi, je me demande comment je vais réussir à entrer sans que le prof de maths, dit « *Le sadique* », ne s'en rende compte.

J'envoie un texto à Baptiste, mon meilleur ami, pour qu'il m'indique si la voie est libre. Sa réponse est immédiate.

> « Go, go, go. Le prof est en train de faire le produit de deux matrices, tu as deux minutes avant qu'il ne se retourne. »

Je pousse doucement la porte, en priant pour qu'elle ne grince pas, et me faufile. J'aperçois Baptiste qui me fait des signes depuis la septième rangée ; je monte tel un félin les marches et m'assois juste au moment où monsieur Emeillat, cinquante-huit ans, prof de la vieille école, ultra-rigide et exigeant, se retourne.

— Encore en retard, mademoiselle Le Moigne ?

Je baisse les yeux, honteuse d'avoir été démasquée, et mes joues s'empourprent.

— Grillée, Christelle, me souffle Baptiste hilare.

— Merci de ta sollicitude.

J'attrape mon paquet de copies doubles et mon stylo-plume pour noter toutes les définitions, telle l'étudiante modèle que je devrais être. Je ne pipe mot pendant les deux heures qui nous séparent de la pause déjeuner.

Midi, mon ventre crie famine, il grogne son mécontentement de n'avoir rien eu à digérer depuis hier soir ; et le travail intellectuel (tout comme le manuel), ça creuse.

Flora, Marie et Thibaut nous rejoignent devant le resto U.

— Tu as une petite mine, Christelle, fait remarquer Marie.

— Nuit courte.

Ils me regardent tous, les yeux écarquillés, comme si j'avais lâché une bombe, attendant plus de précisions.

— Ce n'est pas du tout ce que vous croyez.

Je n'ai pas dormi à cause d'un bouquin, pas à cause d'une nouvelle conquête. Je vous l'aurais annoncé autrement, si tel avait été le cas !

Assise en face de Baptiste, je fais tourner ma fourchette dans la purée, hésitant à reprendre une bouchée de cette mixture infâme, qui n'a rien à voir ni de près, ni de loin, avec de la purée, que ce soit au niveau gustatif, de la texture ou de la couleur. Je ne suis même pas sûre qu'il y ait des pommes de terre dedans…

Quand je relève les yeux, j'aperçois Thomas. Mon ex. Il m'a quittée il y a deux semaines pour Tiphanie, une première année. Pendant deux jours, je suis restée cloîtrée chez moi, à pleurer toutes les larmes de mon corps, sous ma couette. On allait fêter nos un an dans un mois. J'étais, et je suis toujours, amoureuse de lui. J'ai cru que c'était sérieux. À tort, apparemment. Heureusement, mes amis ont été là pour me remonter le moral. Baptiste est même venu dormir à la maison pour que j'arrête de broyer du noir. Je commence doucement mais sûrement à aller mieux. À oublier. Même si le revoir me provoque à chaque fois un pincement au cœur. Cela me fait toujours mal. Il a l'air heureux et il est tellement beau, souriant, charismatique, charmant, populaire. Christelle, ressaisis-toi ! Je lâche ma fourchette et me venge en dévorant ma mousse au chocolat sans saveur, aux œufs en poudre.

À 16 heures, la journée est finie. Baptiste, Marie et moi restons travailler sur un devoir maison ultra-pointu. Nos trois cerveaux en commun nous ferons avancer plus vite, et nous pourrons aller plus tôt boire un verre.

18 heures, pari gagné : nous avons fini. Nous décidons d'aller au pub du coin de la rue profiter du happy hour. Baptiste paie la première tournée, en jeune homme galant. Pendant qu'il est au bar, j'en profite pour parler à Marie des courriers étranges que je reçois.

— Hier soir, j'ai encore eu un message de Matthias.

— Qui ?

— Tu sais, le gars avec qui j'ai chaté sur le net. J'étais tellement triste quand Tom m'a larguée, j'avais peur de ne plus jamais plaire… alors, je me suis inscrite sur un site de rencontres trois jours après ma rupture. Son profil et en particulier sa photo me plaisaient bien : un grand brun, notre âge et un regard de braise. On a accroché. Il me faisait rire.

— Ah oui, le mécano…

— Oui, c'est ça. Mais il m'a vite saoulée. Toujours en demande. Du coup, je n'ai plus répondu.

— Et il n'a pas compris ?

— Non, et pire, il insiste. Je reçois cinq textos par jour. Et il devient de plus en plus agressif, je n'aime pas ça. Le dernier en date, je te le lis :

> « Vous les femmes, toutes les mêmes. Vous aguichez et après, y a plus personne. Je vais te saigner, salope ! »

— Putain, mais c'est violent ! Faut prévenir la police. Et s'il s'en prend à toi ! me dit Marie, soudain très inquiète.

— Mais non, pas de risques. On ne s'est jamais vus. Et je ne lui ai pas donné mon adresse. Il sait juste que je suis étudiante à la fac. Il ne passera pas à l'acte ; s'il est violent, c'est parce qu'il se sent fort derrière son écran. Il a un sentiment de puissance dû à son anonymat. Je suis sûre que ce n'est qu'un petit geek de quarante kilos tout mouillé, qui vit chez sa mère, probablement toujours puceau.

— Oui, enfin… ce n'est pas très rassurant.

— Bon, pas un mot à Baptiste : il pourrait décider de faire le pied de grue devant chez moi jusqu'à ce qu'il soit sûr que je suis en sécurité.

— Pas de souci, motus et bouche cousue.

— Alors, les filles, c'est quoi ces messes basses ? demande Baptiste en arrivant, les mains chargées avec nos trois bières.

— Des trucs de filles, dis-je pour couper court.

« Des trucs de filles », c'est la réplique efficace pour que les mecs arrêtent de poser des questions. Testé et approuvé.

21 heures 45, je suis épuisée. J'écourte notre soirée pour rentrer chez moi, laissant Baptiste et Marie en tête à tête, pour le plus grand bonheur de celle-ci. Elle craque sur lui depuis la première fois où je les ai présentés. Mais Baptiste est un peu lent à la détente. Dommage pour lui, car Marie est une fille en or.

La nuit est tombée. Il fait un froid glacial. Mais faute de voiture et de bus pour me ramener chez moi, j'utilise le moyen de transport le plus vieux du monde : mes jambes. Je glisse mes mains dans mes poches pour les protéger et enfouis mon nez dans mon écharpe. J'en ai pour quinze minutes à pied, dix si je marche vite. D'une foulée décidée, je brave le temps.

Sur l'avenue, arborée de grands pins et mal éclairée, j'entends des pas derrière moi. Mon sang se glace. Quelqu'un me suit. Je suis une jeune fille, seule dans une rue déserte et donc, une proie facile pour un satyre. J'accélère mon pas. Je me retourne discrètement sans m'arrêter et aperçois dans la pénombre un couple, main dans la main. « *Fausse alerte, Christelle. Tu commences à devenir un peu parano* ». Je hâte encore plus mon allure. Il n'y a pas un chat, ni un bruit. Seul le vent qui s'engouffre dans la ruelle.

Je ne suis plus très loin. Sauvée ! Je suis la reine pour me faire des frayeurs. J'ai cette faculté d'imaginer toujours le pire… Très souvent à tort.

Dans ma rue, mon cœur a de nouveau un rythme normal. Je ne suis qu'à quelques mètres de notre maison. Je passe à côté de la *Clio* noire de ma mère, mal garée comme toujours. Elle est rentrée. Je me sens plus sereine et commence à chercher au fond de mon sac mon trousseau de clefs, qui comme à son habitude a décidé de jouer à cache-cache, quand soudain, une main, dans un gant en cuir noir, vient se coller sur ma bouche, et une autre m'agrippe violemment par la taille. J'essaye de crier et de me débattre. Mais l'homme est plus fort que moi. Je suis impuissante. Il me ceinture solidement. C'est douloureux. Je n'arrive pas à bouger, je peine à respirer. Je donne des coups de pieds dans le vide, en essayant d'atteindre un objet, afin de signaler ma présence. Mais rien. Je prie pour que quelqu'un arrive, nous surprenne et vienne me sauver. Mais la rue reste désespérément calme et silencieuse. Je me sens faible, vaincue. Je perds peu à peu espoir. Une larme coule le long de ma joue. J'ai le sentiment que je ne rentrerai plus jamais chez moi.

Je ne pourrai plus dire à ma mère que je l'aime, ou m'excuser pour mon comportement de ce matin. Je ne me marierai pas, n'aurai pas d'enfants. J'ai le pressentiment que ma vie va se terminer brutalement ce soir. À vingt-deux ans. Sans avoir vraiment été vécue. D'un coup, je vois tous mes rêves s'effondrer devant moi.

Et la dernière image que je vais conserver, c'est cette main gantée et cette montre argentée, sur laquelle je peux lire « *Hublot* ».

Après, plus rien…

2.

Maryline
Bordeaux, 14 novembre

— Hyppolite !!! hurlé-je dans l'appartement.

Tous les matins, c'est la même chose : mon chat essaie de me faire tourner en bourrique. Mon collant est filé car ce petit coquin s'est fait les griffes dessus pendant que je prenais ma douche. Il va me rendre chèvre et une fois encore me mettre en retard !

— Tu fais bien de rester caché… si je t'attrape, je te mets en pension pour chats !

Bon, comme mon Hyppolite est un habitué de ce genre de bêtise, j'ai tout un stock de collants en haut de l'armoire, mais il ne perd rien pour attendre ; ce soir, il sera privé de caresses pour au moins une heure.

Une robe noire, avec une large ceinture marron, des bottes assorties, une écharpe XXL et mon manteau tout chaud, je suis parée pour aller au travail.

— À ce soir, vilain chenapan ! Et plus de sottises, compris ?

Hyppo fait le mort. Il doit craindre mon courroux. Il a raison.

Il fait un froid de canard ce matin, à tel point que le pare-brise de ma voiture est givré. Je mets le contact et le dégivrage au maximum et en parallèle, je prends le racloir et tente tant bien que mal d'enlever la glace. Je ne sens plus le bout de mes doigts. La journée commence bien !

9 heures, je me dirige au pas de course vers l'entrée.

Une fois les portes franchies, je suis enveloppée par une douce chaleur. Que c'est agréable d'être à l'intérieur à l'abri ! Je fais le tour des bureaux pour dire bonjour à mes collègues. Et j'ai à peine le temps de m'asseoir que mon téléphone sonne. Un appel à cette heure, ce n'est jamais bon signe. Comment dit-on, déjà : « *À trop s'attendre au pire, on n'est jamais déçu* » ?

— Maryline Dubois, que puis-je pour vous ?

Je ne dois pas être réveillée, pourquoi ai-je dit mon vrai nom ? Ici, on s'appelle toutes « Marie Martin ».

Je suis en ligne avec un client mécontent. Il a été victime d'un terrible accident : sa maison a brûlé, son fils de six ans est décédé dans l'incendie et sa femme est dans le coma, grièvement blessée. Et son assureur, en l'occurrence nous, refuse de prendre en charge les dommages, car cet homme avait « oublié » de régler les dernières mensualités. Il a perdu son travail il y a un an ; depuis, sa vie a basculé.

Je ne peux rien faire pour lui. Cela fait six mois qu'on le relance pour impayés. Nous ne lui verserons aucune indemnité pour la perte de son foyer, les soins de sa femme ou l'enterrement de son fils. J'ai mal au cœur. Je ne vois pas comment il va pouvoir s'en sortir et surmonter tous les obstacles que la vie met sur sa route. Mais ce n'est pas moi qui décide. Et je n'ai pas les moyens financiers de l'aider. Il sanglote au bout du fil. Cela m'attriste mais je suis impuissante. Je ne peux faire preuve que de compassions.

— Monsieur, je suis désolée, vraiment.

— Qu'est-ce que je vais faire ? J'ai perdu mon fils, ma femme va peut-être mourir. On n'a plus rien, dit-il la voix tremblante.

— Peut-être qu'une association pourrait vous aider ?

— Je n'ai pas besoin de pitié ! J'ai besoin que vous payiez les frais d'hospitalisation de ma femme ! répond-il soudain violemment.

— Nous ne pouvons rien, monsieur, vous n'êtes plus assuré chez nous. Le contrat a été résilié il y a quelques mois.

— Sans cet argent, ma vie est finie. Vous comprenez ? En refusant de m'aider, vous mettez fin à ma vie !

— Monsieur, je ne suis pas responsable, tenté-je de me justifier.

— Si, vous l'êtes ! Vous allez voir ce que c'est de n'avoir plus rien, de tout perdre, y compris la vie, conclut-il d'une voix tranchante et cinglante, et il me raccroche au nez.

Bon, super. Une menace de mort dès le matin. Je ne dirais pas que ça nous arrive souvent mais ce n'est pas la première, ni la dernière. Par contre, ce n'est jamais très agréable. Cela me chamboule à chaque fois. Et si un jour l'un d'entre eux passait réellement à l'acte… Je devrais demander une prime de risque à mon chef.

— Je prends une pause, ça tente quelqu'un ? dis-je à mes collègues de bureau, une fois le combiné reposé.

— Je termine mon mail et j'arrive, me répond Magali.

Dans la salle de repos, j'attends patiemment que la bouilloire s'arrête. Je verse l'eau chaude sur ma boule à thé, remplie de thé vert au jasmin, mon préféré avec le fleur de Geisha et reste à contempler le mélange quelques instants. Absorbée par ce mélange qui évolue et fonce progressivement.

— Ça va, Maryline ?

— Hein ? Heu, bof.

— Qu'est-ce qui ne va pas ? s'inquiète ma collègue.

— Un appel qui m'a chamboulée. Une histoire horrible et sordide. Ça m'a tué le moral pour la journée.

— Maryline, il ne faut pas que ça t'affecte. Tu n'es pas responsable. On ne peut pas aider tout le monde.

— Je sais, mais le sort s'acharne parfois beaucoup sur les mêmes…

À midi, j'ai rendez-vous avec des amies pour le déjeuner. Cela va me changer les idées ! On se retrouve dans un petit resto sympa. Le concept est original : tout le repas est servi dans un seul plat, de l'entrée au dessert. Je me retrouve devant une grande assiette avec du saumon fumé, un mini cake au saumon, un mini gratin de crabe, une toute petite aumônière également au saumon, et une cocotte avec du cabillaud à la crème, de la purée de courge, du riz et une verrine de mousse au chocolat. Les portions sont ridicules mais je vais pouvoir goûter plein de petites choses. Ce concept me plaît beaucoup et si c'est aussi bon que beau, je vais tout aimer.

Amélie et Anne sont de vieilles amies d'école. L'une est mariée et a deux enfants, l'autre est maman d'une petite fille. Moi, à trente ans, je n'ai ni mari, ni enfant. Juste Hyppolite, mon chat. Mais je ne désespère pas de rencontrer le prince charmant, comme dans les comédies romantiques que je dévore chaque semaine.

Avec les filles, on a l'habitude de se programmer un déjeuner par semaine pour se raconter les dernières nouvelles.

Nos repas sont toujours pour moi une bonne bouffée d'oxygène. Et aujourd'hui, Dieu sait comme j'en ai besoin.

Mes amies me regonflent à bloc, et l'après-midi passe en un éclair.

17 heures, je pars tôt car Adam Olivier fait une dédicace à la *FNAC*. Sur place, dans une file d'attente presque exclusivement féminine, et aussi longue que celle qu'il y a devant *l'Apple store* le jour de sortie d'un nouveau modèle, je ne peux détacher mon regard de

l'auteur. Il est tellement séduisant ! Grand, brun, carré, un regard franc, souriant, les cheveux légèrement grisonnants sur les tempes. Une sorte de Georges Clooney de la littérature. Un quadragénaire sexy. Ce qui est sûr, c'est que s'il dormait chez moi, je n'irais pas dormir dans la baignoire. Je m'emballe mais j'aime tout en lui. Aussi bien son physique que ses écrits. Si je vivais dans une de mes comédies romantiques, il tomberait amoureux de moi au premier regard, il me dédierait son prochain roman et nous filerions le parfait amour jusqu'à la fin de nos jours. Mais malheureusement, je ne vis pas dans une comédie romantique…

Quand c'est enfin mon tour, je suis fébrile. Je lui tends mon livre.

— Bonjour, au nom de Maryline, s'il vous plaît, dis-je timidement.

— Joli prénom pour une jolie demoiselle, me répond-il avec bienveillance et attention.

Je reste figée, les joues bien rosées, en arrêt sur image le temps qu'il dédicace mon roman. Sa main effleure la mienne quand il me rend mon exemplaire. Un frisson me parcourt le corps. Je récupère mon précieux livre sans lire les quelques lignes qu'il m'a laissées. Je veux les découvrir seule, pour recevoir comme il se doit les mots qu'il m'a écrits. Il m'adresse un dernier sourire franc avant que je m'éclipse et laisse la place à une autre jeune femme, tout aussi impatiente que moi de rencontrer son idole.

Une fois assise dans ma voiture, j'ouvre mon précieux volume et lis calmement.

« À une jeune femme charmante et radieuse, j'espère que ce livre vous comblera. Affectueusement, AO »

Je n'arrive pas à croire que j'ai une dédicace d'Adam Olivier. Je presse l'ouvrage contre ma poitrine et souris de toutes mes dents. Finalement, c'est une belle journée.

Il est 18 heures 30, je m'arrête faire les courses à la *Coop bio* : un esprit sain dans un corps sain. Mon nouveau leitmotiv depuis qu'un collègue de travail a eu un cancer. A priori cela serait lié à son alimentation (ou à la pollution). Dans le doute, et dans le but de prolonger mon espérance de vie, je fais attention à tout ce que j'ingurgite.

Quand je sors de la boutique, les bras chargés, la nuit est tombée. Je me dirige vers ma voiture garée sur le parking à cinquante mètres. Il n'y a pas foule. Le froid a sans doute contraint les gens à rester cloîtrés chez eux, bien au chaud.

Au bout de quelques instants, je perçois une présence derrière moi. Je me retourne et devine une silhouette. Un homme grand, tout de noir vêtu, avec une casquette sombre sur la tête, reste en retrait à quelques mètres. Je ne suis pas très rassurée. J'attrape mon téléphone et appelle ma mère, pressentant le danger. Ça sonne, mais personne ne répond. J'entends des pas se précipiter derrière moi. Je lâche mes sacs et me mets à courir, sans un regard sur ce qui se rapproche. Troisième sonnerie. J'ai l'impression que mon cœur va se décrocher da ma poitrine tellement il bat vite. Je regrette d'avoir mis des bottes à talons qui ralentissent mon sprint. Quatrième sonnerie. Des larmes commencent à perler le long de mes joues. J'ai le souffle court. Répondeur. Je tremble de tout mon corps. J'ai peur de m'effondrer tellement la panique m'envahit. Vite. J'ouvre à distance ma voiture. Les feux éclairent le parking. Le bip de ma *C4* est synchro avec celui du répondeur.

— Maman, papa, je vous aime… dis-je dans un souffle, la voix tremblotante et le portable vissé à l'oreille.

C'est tout ce que j'ai le temps de balbutier quand je bascule en arrière. Mon téléphone tombe et se brise sur le bitume. Je crie de toutes mes forces, mais la main de l'homme sur ma bouche couvre le son de ma voix. Je me débats, tentant par tous les moyens de me libérer. Mais impossible de m'échapper. Je donne des coups de pieds en arrière. Un coup de talon dans les tibias pourrait le désarçonner. Mais je n'arrive pas à l'atteindre. Je me sens impuissante. Il est bien plus fort que moi.

Mes espoirs de fuite s'étant envolés, je repense à toutes les séries policières que j'ai vues. Il faut que je laisse des indices pour que l'on me retrouve.

Je frotte un de mes bracelets de ma main gauche contre mon jean pour le faire glisser par terre. Le bruit de mon bracelet tombant sur le sol ne perturbe pas mon agresseur. Comme si cela lui était complétement égal. J'essaie ensuite de le griffer au visage. Dans un dernier élan, j'y arrive, me redonnant un peu d'espoir, avant qu'il me jette violemment dans une camionnette blanche de laquelle je ne sortirai pas vivante.

Un détail me perturbe : son eau de toilette. Une senteur boisée, très masculine. Une odeur familière.

La dernière chose à laquelle je pense, c'est Hyppolite et ce qu'il va devenir, si on ne me retrouve pas. C'est peut-être le seul être à qui véritablement je manquerai.

3.

Camille
Caen, 17 novembre

« Bonjour à tous, il est 8 heures. Les titres de ce matin : un attentat à la bombe en Egypte a fait huit morts et quarante-trois blessés ; le corps d'un nouveau-né retrouvé dans une poubelle près de la maternité de Caen hier soir ; la disparition inquiétante d'une jeune femme à Bordeaux. Un appel à témoin a été lancé... »

L'actualité n'est pas très gaie, aujourd'hui. Je mets ma brosse à dents électrique en route pour ne plus rien entendre de déprimant... Je censure les infos. Je ne veux que des bonnes nouvelles à partir de maintenant. Positive attitude.

Une fois cette étape quotidienne terminée, les informations ont été remplacées par *I should be so lucky* de Kylie Minogue. Je ne sais pas pourquoi, mais cela me met d'excellente humeur. Même si le reflet que me renvoie le miroir n'est pas très flatteur.

Il est temps que je refasse ma couleur, on voit mes racines. Des racines grises. Oui, à trente-trois ans, finie ma belle chevelure brune. Elle a laissé place à des cheveux de sorcière. Merci maman et la génétique ! Heureusement que les colorations existent...

J'applique ma BB crème, et une touche de mascara pour faire ressortir mes yeux clairs. J'enfile mes bottines, mon manteau d'hiver, ma grosse écharpe et mon bonnet en laine assorti. Me voilà fin prête pour affronter le froid.

Un coup d'œil à ma montre : comme tous les matins, je ne suis pas en avance. J'attrape mon cartable, et direction l'école.

Sur place, je croise Corinne, la directrice, toujours fraîche et pimpante, son mug fumant à la main et Solène, une jeune institutrice, toujours débordée, les bras chargés de livres et de cahiers.

Je m'installe à mon bureau, et sors de mon sac mon programme du jour. Je file photocopier les exercices de la journée. Je finis de corriger les derniers cahiers, n'ayant pas eu le temps de terminer hier, à cause de l'anniversaire de mon frère.

9 heures, il est temps d'aller chercher les terreurs. Oui, je sais, je ne devrais pas les appeler comme ça. Mais mes petits CE2 ne sont pas tous d'adorables têtes blondes. Dans le lot, il y a Killian, neuf ans : père décédé, mère alcoolique, grand frère en prison pour trafic de drogue, et un autre recherché pour agression. Le patrimoine génétique de cet enfant semble quelque peu altéré. Par conséquent, quand il vient avec des lames de cutter à l'école, cela ne me surprend même plus. Je me demande juste ce que je vais trouver aujourd'hui dans son cartable…

Ils m'attendent tous en rang dans la cour, deux par deux. Calmes. J'aime ça. Aujourd'hui, il en manque un à l'appel et je vous le donne en mille : c'est Killian.

Jusqu'à la récréation, les élèves sont sages comme des images. Je suis de surveillance de la cour avec Sébastien, un instit de trente-deux ans, en charge des CP. C'est un type bien. En couple, une fille et un deuxième bébé en préparation. Il est génial avec les enfants. Patient, pédagogue, attentif. Il est sympa et plutôt agréable à regarder, donc c'est un plaisir de surveiller la pause avec lui.

Le reste de la matinée se déroule sans accrocs.

À midi, je déjeune chez ma mère, comme deux fois par semaine. Elle habite à deux cents mètres de l'école, c'est hyper pratique pour moi. Cela me fait une vraie coupure et pas besoin de prendre la voiture pour aller manger. Mon *iPhone* branché sur une playlist pop et mes écouteurs dans les oreilles, je marche en rythme pour aller faire le plein d'énergie et de calories.

Ma mère nous a cuisiné un rôti de porc à la moutarde, un de mes plats préférés.

13 heures 15, il est temps de retourner à l'école. Sur le chemin du retour, j'ai le désagréable sentiment d'être observée. Mais j'ai beau regarder autour de moi, je ne vois rien de suspect. Encore et toujours, probablement, mon imagination.

À 13 heures 30, je récupère des élèves excités comme des puces et un Killian quelque peu agressif. L'après-midi risque d'être pour le moins éreintant. Quand à 15 heures, la récré sonne, je bénis le Seigneur de ne pas être de surveillance. Je file dans la salle des maîtres me faire un café. Frédéric, en charge des CM2, jeune quadra, fraîchement divorcé, y est déjà. Nous sommes arrivés ensemble dans l'école il y a trois ans. C'est tout à fait mon type d'homme. En revanche, je doute que la réciproque soit vraie. Discret, un look décontracté, il est grand, brun, fin, avec une barbe de quelques jours bien taillée et de jolis yeux noisette.

— Ça va, Fred ?

— Oui, et toi ?

— Ça peut aller, mais je ne sais pas ce qu'ont les élèves aujourd'hui, ils sont infernaux !

— J'ai les mêmes…

— J'ai puni Killian car il essayait de couper les cheveux de sa voisine de devant, et il m'a dit : « *Tu vas le regretter, sale pute* ».

— Ah oui, sympa ! Je n'ai pas hâte de l'avoir, celui-là.

— Pas sûre qu'il arrive jusque là. Il en est déjà à son second CE2…

— Dis, Camille, ça te dit qu'on aille boire un verre, cette semaine ?

Hein, quoi ? Sans transition aucune. Ai-je bien entendu ? Frédéric me propose un rencard ! J'hallucine. C'est tellement surréaliste et imprévu que je peine à lui répondre.

— Heu…

« *Putain, Camille, dis quelque chose ! Ressaisis-toi ! Et vite !* »

— Heu, oui, p-p-pourquoi pas ? bafouillé-je.

— Demain soir ?

Je prends une profonde inspiration et réussis à prononcer deux mots audibles.

— Ça marche.

Je n'y crois pas. Demain soir, je vais aller boire un verre avec Frédéric. J'ai un sourire jusqu'aux oreilles. J'essaie de le réfréner pour ne pas trop montrer mon enthousiasme à mon collègue, mais je n'y arrive pas. Tant pis. Qu'est-ce que j'ai hâte d'être à demain !

16 heures 30, fin des cours. Dehors, je regarde mes petits élèves partir les uns après les autres avec leurs parents. Dans le parc de l'autre côté de la rue, un homme observe paisiblement le ballet qui se joue devant lui. Debout, immobile. Cette présence m'intrigue. Il n'a pas l'air d'être un père d'élève. De là d'où je suis, je n'arrive pas à voir son visage et le fait qu'il porte une casquette n'arrange rien.

J'interpelle Solène, occupée à fermer la veste d'une

petite section.

— Tu connais l'homme qui est là-bas, dans le parc ? dis-je discrètement à ma collègue, en faisant mine de regarder ailleurs.

— Qui ?

— Celui avec le jean foncé et le blouson noir, de l'autre côté de la rue, lui expliqué-je en faisant semblant de regarder mon téléphone.

— Je ne vois pas, il n'y a personne.

Quand je lève les yeux, il n'y a effectivement plus personne. L'individu a disparu. Ce ne devait être qu'un passant. À la sortie de l'école, je n'aime pas trop voir de nouvelles têtes, j'ai toujours peur que ce soit une personne mal intentionnée. Qu'elle décide de faire du mal à un enfant, de le kidnapper. Et je ne sais pas pourquoi, mais cet homme impassible m'a inquiétée. J'ai eu un mauvais pressentiment. Mais comme bien souvent, plus de peur que de mal.

À 18 heures, j'ai un cours de Zumba. J'adore ce rituel hebdomadaire pour me dépenser et me défouler après une journée avec des petits, pas toujours très obéissants.

Pendant plus de quarante-cinq minutes, sur un rythme effréné et endiablé, nous bougeons dans tous les sens. Je crache mes poumons et regrette mes vingt ans. Je n'ai plus autant d'endurance… Ni d'ailleurs la même silhouette. La cellulite a commencé à attaquer mes cuisses et mon fessier, ma taille fine commence à être engloutie par un amas graisseux et ma poitrine, avant bien ferme et tonique, commence doucement mais sûrement à subir les ravages de la gravité. En d'autres termes, je vieillis. Moi qui pensais que je resterais éternellement jeune, comme dans la chanson d'Alphaville *Forever Young.* Alors, pour pallier ce naufrage physique, je me badigeonne quotidiennement de crèmes (contour des yeux, anti-rides jour et nuit, anti-cernes et pour le corps), ce qui ponctionne presqu'un quart de mon maigre salaire ; j'ai banni les burgers et les frites de mon alimentation et deux fois par semaine, je vais transpirer à la salle de sport. Je fais mon maximum pour ralentir l'apparition des signes de l'âge.

19 heures 30, je lève le camp. Épuisée. J'ai déjà mal partout. Demain, c'est sûr, je n'arriverai pas à sortir de mon lit.

Brrrrr… il ne fait pas chaud. Je rejoins au pas de course ma voiture, mon sac de sport sur l'épaule. Une fois au volant, je mets le chauffage à fond et pose ma main droite sur le ventilateur. Qu'est-ce que ça fait du bien !

Vivement que je sois chez moi pour me faire couler un bon bain, dans lequel j'aurai mis un peu d'aspirine pour limiter les courbatures demain…

Je m'arrête rapidement prendre de l'essence me trouvant presque à sec. Je n'aime pas faire halte à la station-service le soir. Je me mets souvent à « psychoter ». Pendant que je fais le plein dans cet endroit désert, un autre véhicule arrive. Mon cœur commence à s'emballer. Un homme sort et commence à se servir en carburant. Il n'a pas l'air bien méchant. Mais je reste sur mes gardes. Je remplis mon réservoir à moitié et lève le camp, avant de vérifier les réelles intentions de l'inconnu de la pompe d'en face.

Une fois dans ma voiture, je respire de nouveau. Décidément aujourd'hui, je vois le mal partout. Maintenant, direction la maison.

Je suis propriétaire d'un garage, près de mon immeuble, pour mettre à l'abri ma voiture. Un garage dissimulé derrière un porche, avec une dizaine d'autres. Je n'aime pas trop y venir de nuit. L'endroit n'est pas éclairé, est en dehors de la rue, et souvent squatté par des

SDF. J'ai l'impression de passer par un coupe-gorge à chaque fois. Du coup, pour éviter les mauvaises rencontres nocturnes, j'ai investi dans une bombe au poivre. Trois ans que j'en ai fait l'acquisition, elle n'a jamais servi. Mais au cas où, elle est dans mon sac, et rien que de le savoir me rassure.

En sortant de ma voiture, j'entends un bruit provenant du porche. De mon garage, je ne peux voir s'il y a quelqu'un. Mais ce bruit a mis tous mes sens en alerte, mon palpitant s'emballe. J'attrape ma bombe que je dissimule dans ma manche : il vaut mieux prévenir que guérir. Je reste immobile quelques secondes, cachée derrière mon véhicule. Je tends l'oreille. Je n'entends que les voitures qui circulent dans la rue. Prudemment, j'avance vers le porche. Une fois devant, je ne vois rien. Mais ce n'est pas parce que je ne vois rien qu'il n'y a rien. Toujours avec précaution, je le traverse et quand je crois être sauvée, un homme m'agrippe le bras et m'attire. Je me retrouve contre lui, sa main sur ma bouche, je ne peux plus bouger. Je n'ai pas lâché mon spray au poivre, je sens qu'aujourd'hui est le jour ou jamais pour m'en servir. Je tente de mordre l'assaillant de toutes mes forces à travers son gant. Du coup, il me lâche la taille pour m'assener un coup au visage. Je suis sonnée. Mais je profite que mon bras droit soit libéré pour pointer le spray vers son visage et appuie de toutes mes forces. L'homme se met à hurler et retire sa main de devant ma bouche pour se frotter les yeux. J'utilise cette seconde de répit pour prendre la fuite. Je me mets à détaler le plus vite possible. Je n'ai jamais couru aussi rapidement. Le fait que ma vie soit en jeu peut expliquer qu'à l'instar d'un Usain Bolt, j'explose tous mes records de vitesse.

Une fois dans le hall de mon immeuble, sécurisé par un code, je me sens presque en sécurité. Je m'arrête quelques instants, adossée au mur glacial, pour essayer de reprendre péniblement mon souffle. Mon cœur est toujours au galop, j'ai le sentiment qu'il pourrait se détacher de ma poitrine tellement il bat fort. Je peine à tenir debout. J'ai les jambes qui flageolent. Je tremble de tout mon corps. Le trop-plein d'émotions me fait sangloter. En un instant, un torrent de larmes se déverse sur mes joues. J'ai bien cru que ma dernière heure était venue. Je ne réalise pas que je viens d'échapper à une agression.

Je reprends doucement mes esprits et monte les escaliers, en me tenant à la rambarde, pour rejoindre mon appartement situé deux étages plus haut.

Durant cette laborieuse ascension, j'appelle mon frère, qui habite à deux rues d'ici, pour lui raconter ce qu'il vient de se passer. J'ai besoin de parler à une personne à qui je tiens et de l'informer que j'ai évité d'un cheveu, enfin grâce à un spray au poivre, une mort certaine.

Une sonnerie et il décroche.

— Hey, sœurette, ça va bien ?

Benjamin est toujours de bonne humeur, c'est agréable. Et surtout, peu importe l'heure du jour ou de la nuit à laquelle j'appelle, il répond systématiquement !

J'entre direct dans le vif du sujet, sans babillage superflu, en butant sur certains mots.

— Benjamin, un… un… un type vient de m'attaquer dans la rue. J'ai réussi à m'échapper. Je… je suis dans l'immeuble. Je vais appeler les flics. Je… je tremble de partout.

— Cam, tu m'inquiètes. Il est où, ce gars ?

— Je ne sais pas. Dehors.

— Surtout, tu n'ouvres à personne. J'arrive.

— Ok, merci.

Une fois chez moi, j'attrape mon téléphone fixe et compose fébrilement le 17. Il faut que je prévienne la police. L'agresseur doit toujours être dans les parages à se frotter les yeux.

J'ai envie de vomir. Le choc a été si brutal que mon estomac en est tout retourné et mon cœur toujours en alerte.

— Vous avez demandé la police, ne quittez pas.

Allez, allez, répondez ! J'appelle probablement à l'heure de pointe, car je peux entendre cinq fois le message avant d'avoir quelqu'un au bout du fil.

— Police secours, je vous écoute.

— Bonsoir, un homme vient de m'agresser dans la rue.

— Où vous trouvez-vous, actuellement ?

— À mon domicile.

— Et où se trouve l'agresseur ?

— Dans la rue.

— Quelle est votre adresse ?

— 75 avenue Jean Jaurès, à Caen, au deuxième étage.

— On vous envoie une patrouille.

— Merci.

— Pouvez-vous donner un signalement du suspect ?

— C'est un homme blanc, grand, plutôt mince, entre trente et quarante ans, peut-être cinquante. Je ne l'ai pas bien vu, il faisait nuit. Ses vêtements étaient sombres. Il portait des gants et une casquette.

— Vous n'avez rien remarqué d'autre ?

— Non. En revanche, je l'ai aspergé avec un spray au poivre, donc il doit avoir les yeux rouges.

— Très bien, c'est noté. Vous allez rester en ligne le temps que la patrouille soit bien chez vous. Ils devraient être là d'ici cinq minutes.

Au même instant, la sonnette de mon appartement retentit, ce qui me fait sursauter. Je préviens mon interlocutrice que quelqu'un est sur le palier. Elle me dit de vérifier l'identité de la personne et de lui indiquer qui c'est. Je m'approche avec une certaine appréhension de la porte. Je regarde par le judas. C'est Benjamin. Ouf.

— C'est mon frère. Il est au courant pour l'agression. Je reste toujours en ligne ?

— Non, vous pouvez raccrocher, ils ne devraient plus tarder.

— Merci.

J'ouvre la porte, sereine. Mais cela ne dure pas. Benjamin entre dans l'appartement, suivi d'une autre personne.

« Il » est là. Dans mon appartement, avec un couteau sous la gorge de mon petit frère. Il a mis des lunettes de soleil. Je ne saurais pas dire si c'est pour protéger son identité ou si c'est à cause du spray.

Je suis figée. Tétanisée. Mortifiée. Incapable de faire ou de dire quoi que ce soit. Lui profite de mon arrêt sur image pour m'expliquer la suite.

— Je reconnais que tu m'as surpris. Et je respecte ta combativité. Par contre, tu m'as fait perdre mon temps et Dieu sait comme je n'aime pas ça, dit-il calmement, en pesant chaque mot.

Je jette un œil vers mon frère, qui lui aussi semble terrifié. Et s'il est dans cette situation, c'est entièrement de ma faute. Du bout des lèvres, je lui demande pardon. Une larme s'échappe et commence à descendre de mon œil droit le long de ma joue. Je l'essuie du revers de ma manche.

— Maintenant, je vais te laisser le choix : soit tu viens avec moi de ton plein gré, soit j'égorge ton frère et je m'occupe de toi ensuite, poursuit l'homme sur un ton glacial.

Des larmes coulent de nouveau sur mon visage. Je sais au son de sa voix qu'il va mettre sa menace à exécution. Je regarde mon frère. Il me fait non de la tête.

Mais je n'ai pas le choix. Dans tous les cas, je suis foutue. Mon frère a, en revanche, une chance de s'en sortir. Il est jeune. Il est intelligent, il est beau. Il a la vie devant lui. Et surtout, il est là à cause de moi.

— Benjamin, je t'aime. Dis aux parents que je les aime. Je suis vraiment désolée, fais-je, la voix tremblotante.

— Ne fais pas ça, me supplie Benjamin.

— Alors, que décides-tu ? me presse mon agresseur.

— Je viens. Mais je veux être sûre que mon frère ait la vie sauve.

En signe de bonne foi, il assène un coup violent à la tête de Benjamin, qui s'effondre sur le sol.

L'homme m'agrippe par le bras, me faisant passer par-dessus le corps de mon frère, qui gît sur le lino. Le couteau pointé dans le dos, nous descendons les escaliers dans un silence de mort. Une fois dehors, j'aperçois en bas de la rue une voiture de police qui arrive. À deux minutes près, nous aurions pu être sauvés tous les deux, mon frère et moi. La vie est parfois si dure.

Nous remontons la rue sans un bruit. Puis, l'individu me jette dans une camionnette garée sur une place de livraison. Seule dans l'obscurité, je ne peux me résigner à abandonner, à perdre espoir. Pourtant, je ne vois aucune issue possible, et rien dans cette camionnette ne peut m'être utile pour m'en sortir. Je ne veux pas mourir. Malheureusement, dans la plupart des disparitions de femmes en France, on ne retrouve la victime qu'une fois morte. J'ai tellement peur. En position fœtale sur le sol, secouée par les vibrations, je pleure et perds peu à peu espoir de revoir un jour la lumière du soleil. J'essaie de penser à des choses positives pour me réconforter. À Benjamin qui va s'en sortir. Puis, à Frédéric… Pourquoi ? Pourquoi moi ? Pourquoi maintenant ? Alors que s'entrouvrait pour moi la perspective d'être heureuse. C'est tellement injuste. Je ferme les yeux et me mets à imaginer ma vie telle qu'elle aurait pu, dû être. Elle aurait été longue et très belle. Avec un homme charmant à mes côtés.

Malheureusement, dans quelques heures, mon existence va s'arrêter de manière brutale et prématurée. Que le destin est cruel…

4.

Sophie
Brest, 19 novembre

8 heures15, j'ouvre un œil et sursaute en voyant l'heure sur mon cadran lumineux.

— Eh mince, je vais être encore en retard, je n'ai pas entendu le réveil !

Je me redresse brusquement, ce qui me provoque un étourdissement.

— Allez, So, ce n'est pas grave, reste un peu. J'ai très envie de toi, me dit Mathieu, la tête enfouie dans son oreiller, toujours à moitié endormi, mais d'humeur coquine.

— Mat, je ne peux pas, j'ai devoir d'éco ce matin, dis-je en filant vers la salle de bains avec mes vêtements sous le bras.

— J'imagine que tu n'as pas non plus envie que je te rejoigne sous la douche ?

— Non ! crié-je de la pièce voisine.

Après une douche express et une mise en beauté minimaliste, j'attrape mon sac à dos et deux barres de céréales. La main sur la poignée de la porte, je me retourne pour dire au revoir à mon homme.

— Bonne journée, mon cœur, à ce soir.

— À ce soir, ma puce.

Dehors, je pique un sprint pour rejoindre l'arrêt de tram du coin de la rue. J'entends un tintement : il arrive.

8 heures 42, j'attrape in extremis le tram pour me rendre au lycée. Le suivant étant dans dix minutes, j'ai bien failli louper mon devoir.

Assise, je reprends progressivement mon souffle. Après cette course à jeun, j'ai un peu la tête qui tourne : je prends donc une des barres de céréales que j'engloutis en trois bouchées. Je sors ensuite un livre de mon sac. La logique serait que ce soit un bouquin ou un cours d'éco. Mais je ne révise jamais au dernier moment, ça ne fait que m'embrouiller. Non, dans le tram, je préfère me détendre un peu avant les quatre heures de devoir sur table, pénibles et stressantes, qui vont arriver. Et puis, j'ai presque fini mon polar. Le suspens est à son comble. Le dénouement est proche. J'ai hâte de découvrir la fin et l'identité du tueur. Même si j'ai déjà ma petite idée.

Après quelques minutes, je sens sur moi un regard, un regard dérangeant. Je lève les yeux mais ne vois rien d'anormal. Les mêmes visages fermés et tristes que d'habitude. Je retourne dans ma bulle.

8 heures 58, j'arrive en classe la dernière. Un peu plus et ils fermaient la porte…

Je m'assois à la seule place restée libre. Je sors ma trousse et vais mettre près du tableau mon sac avec les trente autres. On ne rigole pas, en terminale.

La cloche sonne. Le professeur distribue les devoirs. Le sujet de la dissertation :

« *Quels sont les déterminants des stratégies d'internationalisation de la production des firmes multinationales ?* ». Ça promet. Je crois que j'aurais dû réviser davantage.

12 heures, après avoir gratté sur deux copies doubles et dévoré ma seconde barre de céréales, il est temps de rendre mon devoir. Je suis affamée.

Rachel m'attend à la sortie.

— Alors, Sophie, ça a donné quoi ?

— Je ne sais pas trop. On verra bien… Et toi ?

— Pareil. J'espère que je ne suis pas hors sujet.

— On va manger ?
— Oui, mais pas au self.
— Tu proposes quoi ?
— *Subway* ?
— Vendu.

Assises sur les marches de la structure en acier sur la place de Strasbourg, en face de notre lycée, Rachel et moi dévorons nos sandwichs confectionnés selon nos envies.

— Alors, avec Mathieu, c'est du sérieux ?

— Je crois.

— N'empêche, tu n'as pas choisi le plus moche !

— Bah non, tant qu'à faire… et au lit, c'est juste waouh !

— C'est bon, arrête, j'ai compris. Tu as tiré le gros lot.

— Tu trouveras toi aussi un gars bien. Ton Arthur était une petite erreur de parcours.

— Petite ? Une grosse erreur, tu veux dire.

Après cette pause déjeuner, Rachel et moi ne sommes pas motivées pour retourner en cours, d'autant que nous avons philo avec monsieur Pavic.

— Un peu de shopping, ça te dit ? me propose Rachel.

— Carrément !

Je culpabilise un peu de sécher. Mais la vie est courte, et deux heures de philo avec monsieur Pavic, c'est trop de perdues sur mon compteur de vie.

Notre lèche-vitrines est plutôt fructueux : un jean *Diesel*, une robe *Esprit* et une jolie parure *Darjeeling* pour moi. Le dernier article, c'est aussi pour faire plaisir à Mathieu. Mon argent de poche des six derniers mois vient de s'envoler en deux heures de temps. Quand ma mère va voir mon compte, je sens qu'elle va criser.

Et je ne sais pas si elle a un sixième sens ou si elle me

fait suivre, mais au moment même où je pense à elle, je reçois un texto de sa part :

> « Sophie, si tu sors ce soir, fais attention. Dans le journal, il y a encore une jeune fille qui a disparu. Si jamais tu dois rentrer seule, prends un taxi, je te le rembourserai. Je serai plus rassurée. Bisous, ma chérie. »

Ma mère, une vraie mère poule. Elle a toujours peur qu'il m'arrive quelque chose. Je suis fille unique, ceci explique peut-être cela. Du coup, pour la tranquilliser, j'ai installé une application sur mon mobile pour qu'elle sache où je suis en temps réel (application que j'active quand je le souhaite ; là, typiquement, je l'ai désactivée pour l'après-midi). Je lui répondrai plus tard. Je suis censée être en cours et donc ne pas lire mes messages.

Comme il est 16 heures, on fait un arrêt à *La Mie câline* pour s'acheter des cookies et du coca. Un bel après-midi productif. Assises sur les marches de la place de la Liberté, nous bullons. Nos téléphones en main, nous nous auto-prenons en photo en train de dévorer nos cookies. Rachel et moi sommes adeptes du selfie. Quoi que nous fassions, c'est toujours prétexte à nous prendre en photo. Clichés que nous nous empressons de partager sur les réseaux sociaux. J'aime savoir ce que les gens pensent de moi. Surtout si c'est pour dire du bien. Encore plus si cela vient d'inconnus.

18 heures, je rentre à l'appart retrouver Mathieu avec tous mes achats. J'en profite pour réactiver la fonction de localisation, pour ne pas que ma mère s'inquiète de ne pas me voir sur son radar.

— Chéri, suis rentrée !

— Alors, ce devoir? me demande Mathieu assis sur le canapé, la télécommande à la main.

— Ça va.

Je m'assois sur lui et l'embrasse passionnément.

— J'ai très envie de toi, lui murmuré-je à l'oreille.

— C'est une bonne chose, car moi aussi.

19 heures 30, Mathieu et moi sommes invités chez des amis pour une soirée. Soirée chez un ami de Mathieu, pour être plus précise.

Je ne connais pas grand-monde. Et après le repas de saison (une raclette), les mecs font une partie de *Fifa*. Vautrée sur le canapé, je m'ennuie ferme. Au bout d'une heure à jouer avec mon portable, je déclare forfait. Voyant que Mathieu n'est pas décidé à rentrer, je lui dis qu'il peut rester mais que je retourne à l'appart. J'aurais préféré qu'il vienne avec moi. Mais il semblerait que les hommes ne sachent pas lire entre les lignes.

Il est 22 heures, j'attends patiemment à l'arrêt de tram. J'en ai pour six minutes. J'envoie un SMS à Rachel pour lui indiquer que finalement, Mathieu n'est pas si parfait que ça, et un autre pour dire à Mathieu que je l'aime (malgré tout).

Seule, dans un tramway désertique, je ne suis pas rassurée. Un couple fortement alcoolisé est au bout de la rame et commence à s'engueuler. Je me fais toute petite.

J'en veux un peu à Mathieu de ne pas être avec moi. S'il m'arrive quelque chose, il s'en voudra toute sa vie et ce sera tant mieux. Enfin, j'espère qu'il ne m'arrivera rien !

À mon arrêt, j'appelle Mathieu pendant le trajet jusqu'à l'appartement. Répondeur. Ok. Sympa.

— Mat, juste pour te dire que je suis arrivée. Voilà. Bonne soirée. Je t'aime.

Au moment où je glisse mon téléphone dans ma poche, je me sens brusquement tirée vers l'arrière. Tout se déroule très vite. Je ne comprends pas ce qu'il se passe. Et le fait d'avoir quelques grammes d'alcool dans le sang n'arrange rien. Une main sur ma bouche m'empêche de parler et de respirer. Je commence à paniquer. J'essaie de me libérer. Mais chaque mouvement que je fais a pour seul effet que la personne serre de plus en plus fort. Je me sens comprimée. Impossible de prendre une inspiration. Je manque d'air. L'individu me tracte vers l'arrière. J'essaie de m'accrocher à ce qu'il y a sur la route : une poubelle, un rétroviseur… Mais à chaque fois que je réussis à m'agripper, l'homme me donne un violent coup au visage ou dans les côtes pour me faire lâcher prise.

— Ça ne sert à rien d'essayer de te défendre. Ce soir, quoi qu'il arrive, tu ne seras plus de ce monde, me murmure-t-il à l'oreille, d'une voix calme et terrifiante qui me glace le sang.

Et même si cela me fait atrocement souffrir, je persiste. Je ne capitulerai pas sans combattre. Tant que j'aurai de la force, j'insisterai et ferai tout pour ralentir mon agresseur. Je crois qu'il n'apprécie pas du tout ma résistance car d'un coup, je ressens une vive douleur dans le bas du dos et s'il n'y avait pas sa main sur ma bouche, on m'entendrait hurler jusqu'à l'autre bout de la ville. Je me sens de plus en plus faible. Je n'arrive plus à lutter. Je pense à ma mère, j'aurais dû l'écouter. J'aurais dû prendre un taxi. J'ai froid. Et Mathieu ? Pourquoi ne suis-je pas restée avec lui ? Pourquoi ne m'a-t-il pas accompagnée ? Qu'est-ce que je ne donnerais pas pour revenir quelques heures en arrière…

Je me sens partir. Mes pieds traînent sur le sol. Mes yeux se ferment. J’ai perdu. C’est fini.

5.

Enora
Brest, 20 novembre

Je me demande ce qui m'a pris, à presque trente ans, de me relancer dans une colocation, même si c'est avec une copine de collège. Après ma séparation d'avec Grégory, revenir vivre sur Brest m'a semblé être la meilleure solution. J'ai demandé ma mutation, qui a été acceptée presque tout de suite. Quitter Nantes n'a pas été facile. J'y avais noué de belles relations et c'est une ville quand même très agréable. Mais je n'étais pas chez moi. J'avais besoin de partir et de tout recommencer. De reprendre mon souffle. Besoin d'air.

Partie presque du jour au lendemain, j'ai annoncé via *Facebook* mon retour au pays et Delphine, une amie d'école, m'a répondu me disant qu'elle cherchait justement une colocataire.

Quand j'ai vu les photos, je n'ai pas hésité bien longtemps : son appartement est tout neuf, vue sur mer, avec deux grandes chambres lumineuses, au troisième étage d'une jolie résidence.

Cela fait maintenant un bon mois que je suis rentrée à Brest. Et la transition se fait en douceur. Mes collègues sont sympas et la colocation se passe plutôt bien.

Ce matin, Delphine a décidé de prendre une (très) longue douche coquine avec son nouveau mec : résultat, cela fait un quart d'heure que je patiente, en tambourinant régulièrement à la porte.

Je vois les minutes défiler. Je vais finir par être en retard !

— Delphine, au risque de paraître méga reloue, j'ai besoin de prendre une douche, moi aussi. Donc, si tu pouvais libérer la place avant de vider tout le ballon d'eau chaude, ce serait top. Merci !

Mes vêtements sous le bras, je reste derrière la porte, prenant mon mal en patience.

Delphine sort la première, emmitouflée dans son peignoir rose bonbon. Suivie d'un homme avec une mini serviette autour de la taille. Ça ou rien, c'est pareil. Cette serviette ne cache pas grand-chose du physique de cet apollon. Il n'y a pas à dire, Delphine sait choisir ses mecs. Je ne pense pas qu'il ait un doctorat en physique quantique, mais après tout, ce n'est pas ce qu'on lui demande… Du coup, vu qu'ils m'ont retardée, je reste à reluquer, de haut en bas et de bas en haut, ce magnifique spécimen de la gent masculine. Il arrive sans soucis dans le top 5 des mecs les plus canons que Delphine ait ramenés à l'appartement : grand, pectoraux bien bombés, des abdos tablette de chocolat, un torse en V imberbe. Et il n'y a pas que le corps qui est superbe. Un visage fin, mal rasé, de belles dents blanches et surtout, de magnifiques yeux bleus. Wahou ! Il lui manque juste un peu d'expression dans le regard et je fonds.

Bon, Eno, fini de mater, à la douche !

9 heures, j'ai à peine le temps de m'installer à mon poste que j'ai un appel de mon supérieur.

— Lieutenant Quemener, vous pouvez venir dans mon bureau ?

Le ton est plutôt autoritaire. Je me lève d'un bond. Je ne sais pas encore que cette demande va changer ma vie.

Je frappe à la porte du bureau du commissaire. D'une voix grave et forte, il me dit d'entrer.

C'est un homme bien portant (traduire corpulent), d'une cinquantaine d'années, ayant subi les ravages de la calvitie : il lui reste peu de cheveux, les rescapés sont limités à la zone autour des oreilles et celle derrière la tête. Et son éparse chevelure est entièrement poivre et sel. Je ne le connais pas beaucoup, mais du peu que j'ai pu voir, je ne le trouve pas antipathique. Il me semble dur mais juste.

— Lieutenant, vous allez auditionner une femme pour la disparition inquiétante de sa fille. Il s'agit de ma belle-sœur. Je vous remercie de votre implication sur le sujet.

— Très bien.

— Et si vous découvrez quoi que ce soit, que ce soit une bonne ou une mauvaise chose, prévenez-moi immédiatement. Je souhaite informer en personne ma belle-sœur.

Je suis assez surprise de la requête du commissaire. Je suis la dernière arrivée. Et il me confie une « affaire » liée à sa famille. Je ne sais pas trop quoi en penser.

Je sors du bureau dubitative.

Je vais à la rencontre de la belle-sœur du commissaire qui patiente dans la salle d'attente. Elle est assise sur une chaise, les yeux dans le vague. Elle semble absente.

— Madame Macé ?

— Oui ? répond-elle d'une voix éteinte.

— Je suis le lieutenant Quemener, c'est moi qui vais enregistrer votre plainte. Venez avec moi, dis-je d'une voix bienveillante.

Nous nous dirigeons vers mon bureau. Elle me suit sans un mot.

C'est une femme d'une bonne quarantaine d'années. Toute menue, pas bien grande. Plus petite que moi, ce n'est pas peu dire. Des cheveux blonds coupés au carré, les traits tirés. Elle semble réellement inquiète.

Pendant trente minutes, je recueille toutes les informations sur la disparition de sa fille.

— Votre fille a disparu depuis quand ?

— Hier soir.

— Hier soir ? Qu'est-ce qui vous fait penser qu'elle a été enlevée ?

— À 22 heures 20, elle a appelé son ami pour dire qu'elle était rentrée. Or, quand il est rentré à son tour à 1 heure, elle n'était pas là.

— Elle n'a pas pu aller dormir chez une amie ?

— Non, j'ai appelé tous ses amis et personne n'a de ses nouvelles depuis hier. Et la dernière fois que je l'ai localisée sur son téléphone, elle se trouvait à cinq kilomètres de chez elle, sur le port. C'était il y a dix heures.

Elle marque une pause.

— Je sais au fond de moi qu'il lui est arrivé quelque chose. Je le sens. Mon petit bébé, sanglote-t-elle.

Je suis un peu désarmée. Voir quelqu'un pleurer m'attriste. J'essaie de prendre sur moi.

— Vous vous êtes rendue sur le lieu de la dernière localisation ?

— Oui, il n'y avait rien, dit-elle en reniflant.

— Vous savez si une personne dans son entourage pourrait vouloir lui faire du mal ?

— Non. Tout le monde l'aime. Elle est joyeuse, serviable, gentille, ma Sophie.

— Vous avez une photo récente de votre fille ?

Madame Macé a tout prévu. Elle sort de son sac à main plusieurs photos de Sophie. On peut y voir une jeune fille souriante, et pleine de vie. Une jeune fille de dix-sept ans avec des yeux bleu lagon, qui a l'avenir devant elle. Je choisis la photo où on distingue le mieux son visage et la scanne.

— Son ami Mathieu m'a dit qu'elle portait un jean foncé, un pull gris col en V, et son perfecto avec une écharpe en laine bleu foncé.

— Très bien, je le note. Vous auriez avec vous un vêtement lui appartenant ?

— Non, mais je peux vous en amener un.

— Cela peut nous être utile.

J'inscris Sophie Macé au fichier des personnes recherchées et communique au niveau national son signalement.

Une fois toutes les informations, dont j'avais besoin, recueillies la maman de Sophie prend congé.

Je me renseigne auprès de la morgue et des hôpitaux de la ville, pour savoir si une jeune fille répondant au signalement de Sophie Macé n'a pas été retrouvée. Elle n'est ni à la morgue ni à l'hôpital pour l'instant. Ce qui est plutôt bon signe.

Je jette un œil à son profil *Facebook*. Toute la page est consultable en public. Je peux y voir une centaine de clichés d'elle, de son petit ami et de ses amis. Elle est également présente sur *ask.fm*. Elle est très active sur ce réseau social et y poste encore plus de messages et de photos que sur *Facebook*. Cette jeune fille aurait-elle une légère tendance à l'exhibitionnisme ? À moins que ce soit un manque de confiance en elle qui la pousse à s'afficher ainsi, afin de se faire mousser ? Il y a de nombreux commentaires sous les photos. La plupart d'entre eux sont très positifs (« Tu es magnifique », « Trop belle », « Wahou canon »...) mais certaines remarques attirent plus mon attention (« Arrête de manger, tu es assez grosse comme ça », « Si j'avais ta tête, à ta place, je me suiciderais », « T'es trop moche, ceux qui disent le contraire sont des menteurs »…).

Beaucoup de cyber-harceleurs profitent de l'anonymat qu'Internet leur offre pour poster des commentaires haineux, racistes… qui poussent parfois leurs victimes au suicide.

Il y a peut-être eu un commentaire de trop qui aurait touché Sophie Macé, au point qu'elle mette fin à ses jours ? C'est une hypothèse.

Je recense ceux qui sont négatifs ainsi que les pseudos utilisés, en mettant en haut de la liste un certain

Bob17, qui a laissé à lui seul 60% des commentaires dégradants et malveillants. Et son agressivité est montée crescendo au fil des jours, le dernier post datant d'hier, sur une photo de Sophie mangeant un cookie avec une autre jeune fille : « Sale pute, tes photos m'ont ouvert l'appétit. Je te prendrais bien pour le dessert et tu n'auras pas intérêt à faire ta mijaurée. Tu seras à moi de gré ou de force ».

Je fais suivre les informations au service informatique pour qu'ils remontent les adresses IP et identifient ces personnes hostiles. C'est ma première piste.

Je demande aussi une fadette à l'opérateur de téléphonie mobile de Sophie Macé. Elle était peut-être également harcelée sur son téléphone.

Madame Macé est de retour, les yeux rougis et gonflés, avec dans les mains un débardeur blanc appartenant à sa fille, qu'elle a récupéré dans la corbeille à linge sale.

Elle me fait de la peine. Je tente de la rassurer du mieux que je peux, en lui disant que nous allons tout faire pour la retrouver. Mais elle semble inconsolable. Comme si elle devinait l'issue, qui serait fatale à sa fille. Comme si elle savait qu'elle ne la reverrait jamais vivante.

Je convoque le petit ami de Sophie en début d'après-midi, ainsi que sa meilleure amie, Rachel, qui sont les dernières personnes à l'avoir vue vivante.

Et en attendant leur venue, je me rends là où son téléphone a été localisé pour la dernière fois, avec deux agents et un chien de piste : au port de commerce.

Sur place, à proximité d'un hangar tagué, nous inspectons les alentours à la recherche d'éventuels indices pouvant nous mener à l'adolescente. Mais il n'y a rien. L'endroit est désert. Nous faisons renifler le débardeur au chien, mais ce dernier ne semble pas sentir la présence de

Sophie ici. Pourtant, son téléphone y a été, c'est une certitude. La question est : où sont-ils maintenant ?

Nous rentrons bredouilles au commissariat.

Je passe ma pause déjeuner en tête à tête avec mon tableau et un sandwich. J'essaie de reconstituer les dernières heures précédant la disparition de la jeune fille. Mais je ne vois rien dans son emploi du temps de la journée qui sorte de l'ordinaire. Je stagne…

Je vais mandater une équipe de plongeurs pour qu'ils draguent le port. En espérant au fond de moi que cela sera vain. Que Sophie Macé n'y sera pas retrouvée.

Nous allons lancer un appel à témoin.

Cet après-midi, j'irai au dernier endroit où elle a signalé sa présence : entre le tram et chez son petit ami. Voir si quelqu'un aurait remarqué quelque chose d'anormal.

À 14 heures, je vois arriver deux jeunes gens aux visages déconfits et l'air grave. La jeune fille a les yeux et le nez bien rouges, le jeune homme la soutient, mais il semble tout aussi inquiet et désemparé qu'elle. Ils font de la peine à voir.

Je les fais asseoir, en leur proposant un café qu'ils refusent poliment.

Pendant une heure, je les questionne sur leur amie disparue. Je note tout ce qui pourrait être utile. Je les interroge en particulier sur *ask.fm* et les commentaires négatifs, pour savoir si elle avait reçu d'autres menaces du genre. A priori, non. Mais je vais tout de même vérifier.

Ces posts anonymes n'avaient pas l'air de l'affecter plus que ça, mais elle pouvait cacher son mal-être à son entourage. Pour ne pas les inquiéter. C'est souvent le cas.

Rachel, la meilleure amie, semble réellement très affectée. En plein milieu de l'interrogatoire, elle fond en larmes. Entre deux crises de sanglots, elle se mouche dans la manche de son sweat. Je lui tends un paquet de mouchoirs. Depuis que je fais ce métier, j'ai pris l'habitude de remplir mon tiroir de *Kleenex*. Il n'est pas rare de voir une personne s'effondrer devant soi. Les larmes sont pour moi ce que la kryptonite est à Superman : ça m'affaiblit. Et si je ne me pinçais pas très fort la cuisse, je pourrais moi aussi fondre en larmes. Il faut que je m'endurcisse. Je pense que cela viendra avec le temps.

Aucun des deux ne peut expliquer la disparition de leur amie. Apparemment, elle n'avait pas d'ennemis et elle était heureuse. Je ne suis pas plus avancée.

Par contre, au vu de leurs témoignages, je pense que je peux écarter la disparition volontaire. Elle n'avait vraiment aucune raison de fuguer. C'est une bonne élève, avec des amis sur qui compter et une maman aimante.

Je les raccompagne dans le hall.

Rachel me prend le bras.

— S'il vous plaît, il faut que vous la retrouviez. C'est une fille bien. Je n'imagine même pas ce qu'elle doit vivre en ce moment…

— On va tout faire pour. Si jamais il vous revient un détail ou quelque chose qui pourrait nous aider, appelez-moi.

Je leur remets ma carte. On ne sait jamais.

Avec deux policiers, je vais faire du porte à porte dans le quartier de Sophie, à la recherche de témoins.

Il n'y a pas beaucoup de commerces dans ce coin. A priori, aucune caméra de surveillance. Dommage, cela aurait pu nous donner de précieux indices.

Je commence par le restaurant à côté de l'arrêt de tram : *Rêve de Liban*. Au moment de l'appel de Sophie, il était encore ouvert.

Le patron du restaurant, un homme de plus de cinquante ans, d'origine libanaise, avec des cheveux courts grisonnants et une moustache assortie, m'accueille avec son tablier plus tout à fait blanc.

— Bonjour, puis-je vous aider ?

Je lui montre ma plaque.

— Bonjour, lieutenant Quemener. J'enquête sur la disparition inquiétante d'une adolescente de dix-sept ans. Pouvez-vous m'accorder quelques minutes ?

— Bien sûr, asseyez-vous.

Je m'installe en face de lui, à une petite table carrée avec une nappe rouge vif.

— Le dernier endroit où elle a été signalée se trouve entre ici et son domicile. Est-ce qu'autour de 22 heures 30 hier, vous l'avez aperçue ?

Je pose sur la table une copie d'une des photographies transmises par sa mère.

— Son visage m'est familier. Une jeune fille toujours souriante. Je ne me rappelle pas l'avoir vue hier.

— Et avez-vous remarqué quelqu'un, ou quelque chose sortant de l'ordinaire ?

— Non.

— Très bien, merci.

Je me dirige vers la sortie quand le restaurateur me rappelle.

— Heu, attendez.

— Oui ?

— Hier soir, vers 22 heures, j'ai aperçu une camionnette blanche garée sur le trottoir. Ce n'est peut-être rien. Mais je ne l'avais jamais vue avant. Et quand nous avons fermé à minuit, elle n'était plus là.

— Bien, nous allons vérifier. Vous avez noté autre chose ? Comme la marque du véhicule ou sa plaque d'immatriculation ?

— Non, désolé.

Notre tournée n'est pas très fructueuse. Les rares personnes qui sont chez elles n'ont rien remarqué. La rue n'est pas très passante.

De retour au poste, je rajoute au dossier le détail sur la camionnette blanche. C'est peut-être une piste.

Le service informatique a déposé sur mon bureau les renseignements sur les cyber-harceleurs de Sophie.

Aucun n'a de casier. Ce ne sont que des adolescents. Je ne crois pas qu'ils seraient allés jusqu'à kidnapper la jeune Macé. D'autant que deux d'entre eux habitent à l'autre bout de la France.

En revanche, Robbie Martelot, connu sous le pseudo de ROB17, est un adolescent de dix-huit ans qui est dans le même lycée que la disparue. Cela m'interpelle un peu plus.

Je le convoque immédiatement au commissariat. Il faut battre le fer tant qu'il est chaud.

Il arrive une heure après, accompagné de ses parents, mère psychiatre et père avocat. Robbie est l'archétype du jeune livré à lui-même : famille aisée qui ne s'occupe pas de lui. Ses parents compensent leur absence en lui offrant tout ce qu'il veut. Il fait donc ce qui lui plaît quand il lui plaît. Je sens que cela ne va pas être facile de l'interroger. Le père et le fils sont agressifs et sur la défensive, avant même que je ne leur parle de la disparue.

J'arrive tout de même à apprendre que Robbie est sorti deux mois avec Sophie avant qu'elle ne le quitte pour Mathieu, un étudiant plus âgé. Il a un mobile.

Une rupture difficile, un amour-propre blessé, une rancune tenace… Certains ont tué pour moins que ça.

La question est : a-t-il été capable de le faire ?

— Être quitté comme ça, du jour au lendemain, sans ménagement, ça a dû être dur pour vous. Vous lui en avez voulu ?

— Bien sûr que ça m'a énervé. Elle m'a trompé avec un bouffon, cette conne.

— Pour vous venger, vous avez donc posté anonymement sur les réseaux sociaux des messages haineux envers elle ?

— Elle méritait que ça, cette pute. Elle se prenait pour un canon. Fallait que quelqu'un la fasse redescendre sur terre et la remette à sa place.

Maître Martelot tente de modérer les propos de son fils et essaye du mieux qu'il peut de le censurer, sans grande réussite. Il ne semble pas très bien savoir s'il faut qu'il agisse en tant qu'avocat ou père.

— Et comme vous avez vu que ça ne lui faisait rien, vous avez décidé de passer à la vitesse supérieure ?

Je lis d'un coup de la détresse et de la surprise dans le regard du jeune Martelot.

— Quoi ? Mais non. J'ai rien fait !

— Vous l'avez attendue près de chez elle, et vous l'avez enlevée.

— Mais non. C'est n'importe quoi… Je lui ai rien fait. J'l'ai pas vue depuis des jours.

Il semble sincère. Je ne crois pas qu'il mente. Mais je peux me tromper.

Et avant que je puisse poser une autre question, son père se lève brusquement de sa chaise, pointe son index dans ma direction et de manière véhémente, coupe court à l'interrogatoire.

— Bon, maintenant, ça suffit ! Nous sommes venus de notre plein gré. Si vous avez quelque chose contre mon fils, ce dont je doute, vous le mettez en garde à vue ; sinon, on s'en va, intervient sèchement monsieur Martelot.

Je bous intérieurement, mais j'essaye de garder mon sang-froid face à ces immondes individus qui se croient au-dessus de tout, y compris de la loi, sous prétexte qu'ils ont de l'argent et un réseau. Je prends une profonde inspiration, puis sans me démonter, d'une voix calme et posée, lui réponds.

— Concernant la disparition de Sophie Macé, nous n'avons effectivement rien qui incrimine votre fils. Mais comme vous devez le savoir, le cyber-harcèlement est punissable de deux ans d'emprisonnement et de 30 000 euros d'amende. Si la mère de Sophie décide de porter plainte, votre fils pourrait écoper d'une peine de prison ferme, étant donné qu'il est majeur.

Les yeux du père me lancent des éclairs. Je sens qu'il se retient de me lâcher des vacheries à la figure. On est deux dans ce cas.

Toujours debout, il attrape violemment son fils par le bras pour le faire se lever, et sort de la salle d'interrogatoire, sans un mot. La mère les suit également et avant de sortir de la pièce, m'adresse sa seule et unique phrase de l'entretien.

— Nous allons engager les meilleurs avocats de la région. Mon petit garçon n'ira pas en prison, vous pouvez en être sûre, dit-elle d'une voix claire et froide, cela n'arrivera pas.

Ok… Je ne doute pas, en effet, qu'ils ont les moyens de s'offrir tous les avocats du monde. Mais leur sentiment d'impunité me rebute. Cela me donne encore plus envie de les faire plonger.

Je pense en revanche que l'adolescent est innocent. Je doute qu'il ait kidnappé Sophie. Il n'a pas le profil. C'est un rebelle, en manque d'amour. Pas un criminel. En plus, il n'a même pas le permis. Je ne vois pas trop comment il aurait pu l'emmener. À moins qu'il ait un complice ? Je pressens que non. C'est un solitaire.

Je pense que l'interrogatoire va le faire réfléchir et qu'à l'avenir, il y réfléchira à deux fois avant de s'en prendre à une camarade. De toute façon, je le garde à l'œil. Il a droit à une seconde chance, en revanche, je serai moins indulgente la prochaine fois. Il n'a pas intérêt à se représenter devant moi.

Retour à la case départ. Et plus le temps passe, plus les chances de retrouver Sophie vivante diminuent. Son signalement a été transmis à tous les commissariats. Je ne peux plus rien faire ce soir.

C'est quand je m'apprête à lever le camp que je reçois un appel.

— Lieutenant Quemener.

— Bonsoir, c'est Rachel Mercier, l'amie de Sophie Macé.

— Oui, que puis-je pour vous ?

— Je me suis rappelé un truc. C'est peut-être rien. Mais dans le doute, je voulais vous en parler.

— Allez-y, je vous écoute.

— Hier, avec Sophie, on a séché les cours pour faire du shopping ; et dans une des boutiques, il y avait un type bizarre qui nous regardait. Sur le coup, ça m'a un peu dérangée, mais il a vite disparu. Je ne sais pas, je me dis que peut-être, il a quelque chose à voir avec sa disparition.

— Vous avez bien fait d'appeler. C'était quelle boutique ?

— *Esprit*, dans le centre.

— Vous avez pu voir son visage ? Ou remarquer quelque chose qui nous aiderait à l'identifier ?

— Non, il portait une casquette. Il était plutôt grand, mince. Il était blanc, je crois. Habillé tout en noir. Quand je l'ai vu, il m'a terrifiée. Et puis, il a disparu…

— C'est noté. Merci de votre appel.

Une nouvelle piste à creuser. Je laisse un post-it sur le bureau du commissaire pour l'informer des avancées (minimes) sur la disparition de la nièce de sa femme. J'espère que demain, j'aurai plus de chance. Je souhaite de tout cœur qu'on la retrouve saine et sauve.

21 heures, je rentre chez moi en traînant les pieds. Cette nouvelle affaire occupe tout mon esprit. Je n'aime pas ne pas avancer sur des enquêtes, surtout si le sort d'une personne est en jeu. Si je passe à côté de quelque

chose, d'un indice, cela pourrait coûter la vie à une adolescente.

Sur le trajet, de nombreuses questions tournent en boucle dans ma tête : qui pourrait en vouloir à cette jeune fille ? Personne dans son entourage proche, a priori. C'est peut-être un des cyber-harceleurs ? À moins que ce ne soit un inconnu ? Elle était au mauvais endroit au mauvais moment sur la route d'une très mauvaise personne… Qu'est-ce qui m'échappe?

Une fois à l'appartement, je me vautre dans le canapé. J'aurais besoin de parler à quelqu'un pour me changer les idées. Mais Delphine est dans sa chambre et apparemment, elle n'est pas seule, d'après les gloussements que j'entends. Tant pis. Je vais encore une fois dîner en tête à tête avec moi-même. J'attrape un plat cuisiné que je mets au micro-ondes. Je vais le manger dans ma chambre devant la télévision.

Puis, je repense à cette adolescente qui est probablement prisonnière d'un satyre. Qui a sûrement très peur, qui est sans doute blessée, peut-être violée… Elle doit espérer qu'on la découvre. Elle compte sur nous. Sachant cela, je ne peux passer une bonne soirée.

J'espère que demain, on la retrouvera.

6.

Audrey
Lorient, 21 novembre

Hier soir, mon manager m'a appelée, me donnant rendez-vous à l'agence ce matin.

Je travaille dans une SSII traduire : une société de service en ingénierie informatique. Ce n'était pas vraiment un choix de carrière. Mais je suis douée en informatique ; les missions, quand j'en ai, sont souvent intéressantes et le travail est plutôt bien payé.

Cela fait trois mois que je suis en inter contrat. Ce qui signifie que je viens tous les jours à l'agence me tourner les pouces, mais que je suis quand même payée. Certains pourraient croire que c'est le paradis, mais je vous assure que non. Les journées sont longues, très longues. J'ai l'impression de perdre mon temps. Temps que l'entreprise pourrait mieux utiliser au vu de mon CV bien fourni.

Ce matin, j'espère que mon manager va m'annoncer qu'il m'a trouvé une mission sympa.

J'ai mis mon tailleur des jours d'entretien. Je suis au top. Comme toujours.

J'arrive en avance, me laissant le temps de prendre mon café avec mes collègues aussi infortunés que moi. Nous sommes trois en inter contrat. Mais eux ont plus de raisons que moi d'être là : ils ne sont pas bons. Chacune de leurs missions se sont soldées par un échec… Moi, je travaille depuis deux ans et tous mes projets ont été des succès. Je ne devrais pas être ici.

9 heures 45, mon manager, toujours aussi ponctuel,

arrive enfin. Il me serre mollement la main. Je déteste ça.

— Bonjour, Audrey, désolé pour le retard.

Au bout de quarante-cinq minutes, ce n'est plus un simple retard. La moindre des politesses aurait été d'appeler. Mon manager est un con. Et la politesse, il ne connaît pas.

— Alors, je t'avais dit que j'avais trois missions potentielles pour toi.

Oui, la semaine dernière, il m'a évoqué plusieurs projets plus ou moins intéressants.

Pour imager, le premier était d'aller dans l'espace faire évoluer un logiciel sur un satellite, le deuxième, c'était d'installer un disque dur pendant six mois à l'île de La Réunion et le troisième, c'était de faire le ménage informatique dans une entreprise locale pendant un an. Je me demande bien laquelle des missions il a bien réussi à gagner…

— Eh bien, j'ai une bonne nouvelle.

Ah ?

— On n'a pas gagné les deux premières, mais on a la troisième !

Tiens, l'inverse m'aurait étonnée…

— Tu vas voir, ça va être super intéressant.

Oh oui, corriger des bugs toute la journée, c'est ce qu'il y a de plus enrichissant et de plus passionnant… J'espère qu'il ne s'attend pas à ce que je le remercie !

— Mhmmm…

Je ne dissimule pas mon manque d'enthousiasme.

Bon, super. J'ai le boulot le plus pourri qui existe. Je me demande si je ne préférais pas encore être payée à ne rien faire…

Le must, je commence cet après-midi. Youhou. J'ai trop hâte…

Je sens que cela va être une super journée…

À midi, je vais à *La Poste* expédier un paquet. J'ai enfin réussi à vendre mon téléphone tout déglingué. Je me demande bien qui est le pigeon qui a mordu à l'hameçon. Au prix où je l'ai cédé, l'acheteur aurait presque pu s'en procurer un neuf. Tant pis pour lui, tant mieux pour moi.

Dans la file, j'ai l'impression qu'on m'observe. Cela me met mal à l'aise. Mais je ne vois aucun regard malveillant.

Hier soir déjà, quand je suis rentrée du « travail », j'ai eu l'impression d'être suivie. Il faut vraiment que j'arrête de lire ou regarder des thrillers. Je commence à imaginer qu'un tueur fou en veut à ma vie. Je me fais des films. Tout est dans ta tête, Audrey.

Pourtant, je suis une personne rationnelle, d'habitude.

14 heures, je me présente à l'accueil de mon nouveau lieu de travail pour l'année à venir : le siège social d'une banque. Je sens que je vais m'éclater. Rien que l'accueil est austère. Les hôtesses sont tristes et mornes, tout comme le responsable informatique du service dans lequel je vais bosser. Une bande de ploucs fades et sans style.

Je n'ai pas fait une grande école pour corriger de simples anomalies. Mes compétences vont être clairement sous-exploitées. Cela me met donc de très mauvaise humeur. Sourire, entrain et joie de vivre, on se revoit dans un an…

Je me retrouve dans un bureau avec quatre hommes d'âges variés, dont un vieux a priori fâché avec l'hygiène. À peine suis-je entrée dans le bureau que son odeur pestilentielle me donne un haut-le-cœur. Je suis obligée d'ouvrir la fenêtre pour aérer, malgré la température extérieure avoisinant le zéro. Je pense que je ne me suis pas fait des amis. Mais je préfère mourir de froid que de respirer ces effluves corporels, mélange de cigarettes froides et de transpiration. Beurk. J'ai envie de vomir rien que d'y penser.

Je passe l'après-midi à prendre connaissance du système d'informations de la banque, en évitant tout contact avec mes voisins de bureau. Rien de bien passionnant, ni de très complexe. Tout cela est à la portée d'un débutant.

Le seul point positif : notre responsable interne est un trentenaire assez sympathique, souriant, mystérieux, rêveur, des cheveux en bataille et la chemise sortant du pantalon, mais surtout très séduisant. J'en ferais bien mon quatre heures. Peut-être que le côtoyer quotidiennement rendra ma mission moins pénible ?

Parce que ce ne sont pas mes quatre acolytes qui vont alimenter mes rêves. Entre la boule puante, le jeune grassouillet, le puceau et le chauve, je ne risque pas de fantasmer.

18 heures, je débauche. Ce soir : dîner chez mes vieux. Quand je disais que la journée était pourrie ! La seule chose qui me réjouisse, c'est que c'est le week-end… Enfin !

Je passe chez *Nicolas* acheter une bouteille de vin.

Pendant tout le repas, j'écoute religieusement mes parents vanter les mérites de mon frère aîné. Bah oui, il a réussi, lui : il est chirurgien, marié, et sera bientôt papa. Oui, maman, j'ai compris. Je suis la ratée de la famille. C'est un véritable supplice. Pourquoi je m'inflige cette souffrance hebdomadaire ? Je devrais faire comme mon frère, trouver un travail à l'autre bout du pays et ne les voir qu'une fois par an, pour Noël. Cela me ferait des vacances !

J'écourte au maximum la soirée et m'éclipse, à peine la dernière bouchée de l'infecte tarte aux pommes avalée.

Mais je n'ai pas envie de rentrer chez moi tout de suite. Je m'arrête dans un bar pour me détendre un peu, et surtout boire quelque chose de fort pour tenter d'oublier cette journée de merde.

Seule au bar, j'en suis à mon deuxième whisky, quand un homme en costume vient m'aborder.

— Bonsoir, je peux vous offrir un verre ? propose-t-il d'une voix grave.

— Si vous voulez.

Il est plus âgé que moi et pas spécialement séduisant, mais s'il peut m'aider à noyer ma colère à moindres frais, ce n'est que mieux !

— Que fait une si jolie demoiselle seule dans un bar ?

— Elle boit un verre.

— Passé une mauvaise journée ?

— On peut dire ça. Elles sont toutes mauvaises, en ce moment.

— Peut-être que je peux essayer de vous rendre le sourire ? D'autant que je suis sûr que vous avez un sourire magnifique.

Il n'a pas de talents de séducteur, ni le sex-appeal de Will Smith dans *Hitch*, mais il a le mérite de me distraire et de me changer les idées.

Après quatre consommations et une heure à discuter avec ce quadra, je n'ai plus les idées très claires. Quand il propose de me raccompagner chez moi, j'accepte. Ce n'est pas la première, ni la dernière fois, que je passerai la nuit avec un inconnu. L'alcool aidant, je le trouve même plus attirant que tout à l'heure.

J'ai du mal à tenir debout. Je crois que j'ai pris deux verres de trop. L'homme m'aide à marcher. Il fait passer un de mes bras autour de ses épaules pour que je m'appuie sur lui. J'ai la tête qui tourne et mal au cœur. J'ai pourtant l'habitude de boire et je résiste mieux à l'alcool que ça, normalement.

J'habite à cinquante mètres. Je lui donne mon adresse

mais il n'a pas l'air d'en prendre note. On s'arrête devant une camionnette blanche. Il ouvre la portière du fond et essaye de me faire entrer. S'il croit que je vais me laisser sauter à l'arrière de sa caisse, il peut toujours courir. J'essaie de résister. De lui dire non. Mais il n'entend pas. Mes gestes sont mal coordonnés. Je n'aurais pas dû picoler autant.

Il met sa main sur ma tête et me jette à l'intérieur. Mes genoux cognent contre l'habitacle. Je pousse un cri de douleur. Je me recroqueville, en prenant dans mes bras mes genoux endoloris. Il monte avec moi et referme violemment derrière lui. Le sol de la camionnette est entièrement recouvert avec une bâche et le véhicule est capitonné. Je pense que de l'extérieur, on ne m'entendra pas hurler. Cela doit être bien insonorisé. Inutile que j'appelle à l'aide. Quelle personne fait isoler sa fourgonnette ? Forcément un détraqué.

Je le supplie de me laisser partir. Je lui promets de lui faire tout ce qu'il veut s'il ne me fait pas de mal. Que je ne raconterai rien à personne. Qu'il peut me faire confiance. Mais malgré mes supplications et mes larmes, il ne dit plus rien. Il s'approche doucement de moi. Dans sa main, un couteau. J'essaye de fuir à quatre pattes mais il m'attrape par les pieds et me fais glisser jusqu'à lui. Mes genoux râpent contre le sol. Mais je ne ressens plus la douleur. Je commence à sangloter.

J'essaye de me libérer les pieds en gesticulant. Mais je n'y arrive pas. Je crie de toutes mes forces, espérant qu'un passant entendra mon appel au secours, et tape sur le sol. Puis, je ressens une violente douleur dans le bas du dos, je hurle plus fort. Je reçois un autre coup qui me transperce le corps. Puis encore un autre. Je me sens faible. Je peine à respirer. Je ne peux plus bouger. Je tousse et crache du sang. C'est fini. Je n'éprouve plus rien. Je lâche prise. J'ai froid. J'aurais dû écouter mes parents et ne jamais parler à un inconnu, et encore moins en suivre un …

7.

Enora
Brest, 21 novembre

Sur le chemin pour me rendre en ville, je remarque que la presse régionale a bien fait son travail. La photo de Sophie Macé est en première page du *Télégramme* et de *Ouest-France*. Peut-être que cela va nous aider à la retrouver ? Je l'espère. Quelqu'un aura éventuellement quelque chose à nous apprendre sur sa disparition ? Je prends tout ce qui peut m'aider à dénouer cette affaire.

9 heures 25, j'attends devant la devanture du magasin *Esprit* du centre-ville, que la boutique ouvre. J'ai l'impression que chaque seconde que je perds est une seconde de vie en moins pour Sophie. J'ai peur de la retrouver trop tard, que cela se joue à quelques minutes près.

9 heures 28, une vendeuse s'approche pour remonter la grille. Je plaque ma carte de police contre la vitre. Elle me fait entrer.

— Bonjour, lieutenant Quemener. J'enquête sur la disparition de Sophie Macé.

— Ah oui, la lycéenne.

— Oui. Elle est venue ici mercredi après-midi avec une amie. Et il semblerait qu'un homme les ait observées, les mettant mal à l'aise.

Puis, montrant du doigt le plafond, je continue.

— Je vois que vous avez des caméras de surveillance. Vous avez les enregistrements de la journée d'avant-hier ?

— Heu, je ne sais pas. Probablement. Il faut voir cela avec l'agent de sécurité. Je vous y conduis.

Je suis la vendeuse dans l'arrière-boutique. Elle me conduit au PC sécurité où un homme bedonnant fixe deux écrans. Il dégage l'image d'un homme mou qui se laisse porter par la vie.

— Bonjour, lieutenant Quemener, je suis chargée de la disparition de Sophie Macé.

— Martin, le lieutenant Quemener souhaiterait voir les enregistrements de mercredi après-midi, tu les as toujours ? poursuit la vendeuse.

— Bonjour, fait-il en s'adressant à moi. Oui, oui, je les garde deux ou trois jours. Alors, que je regarde : mercredi 19 novembre, c'est là.

Il lance la bande.

— Vous cherchez quelque chose en particulier ? À un moment précis ?

— Sophie Macé est venue avant-hier après-midi faire des achats. Autour de 15 heures. Elle a peut-être croisé son agresseur.

Nous le regardons en silence opérer, ne voulant pas le perturber ou le troubler.

— 15 heures, hop. Et voilà, dit-il fièrement.

Nous restons tous les trois à scruter religieusement les images des caméras de surveillance de la boutique.

On repère assez rapidement les deux lycéennes qui avaient vraisemblablement en tête d'essayer tout le magasin.

Pour l'instant, je ne vois pas l'homme dont m'a parlé Rachel.

Après quelques minutes, dans un coin de l'écran, je repère une silhouette qui m'intrigue. C'est lui. L'homme qui a tant effrayé Rachel. Il observe les lycéennes jouer les *Pretty woman* en défilant avec leurs tenues. Il a l'air d'avoir remarqué les caméras car il s'arrange pour n'apparaître que très rarement dans le champ, et il fait tout pour qu'on ne voie pas son visage. Ce n'est pas le comportement d'un homme qui n'a rien à se reprocher. Le fait qu'il porte une casquette et des lunettes de soleil dans le magasin est également louche.

Dès que Rachel l'aperçoit, il s'en va.

Je pense que je tiens mon suspect le plus crédible.

J'emporte avec moi une copie des enregistrements : l'équipe informatique arrivera peut-être à avoir une image plus claire et précise de l'individu.

Une fois dans ma voiture, mon téléphone sonne. C'est le commissariat.

— Lieutenant Quemener ?

— Oui ?

— Un corps vient d'être remonté du port par l'équipe de plongeurs.

Oh non… Sophie.

— J'arrive tout de suite.

Merde, merde, merde. Trop tard !

Sur place, les premiers agents ont déroulé les rubalises, autour desquelles quelques badauds commencent à s'attrouper. Les passants ont souvent cette curiosité morbide : ils veulent voir au plus près l'accident, et s'ils peuvent apercevoir les victimes, c'est le jackpot. Cinq ans que je fais ce métier et je suis toujours autant surprise par cela. Décidément, je ne comprendrai jamais la nature humaine.

Les plongeurs attendent en retrait. Le médecin légiste est déjà là. Je m'approche du corps inanimé. J'ai peur de découvrir le visage du corps repêché. J'espère au fond de moi que ce n'est pas Sophie Macé. Malheureusement, malgré un visage bouffi et tuméfié, je reconnais la jeune lycéenne. Elle porte les vêtements qu'elle avait le jour de sa disparition : un jean et un pull gris. Cela me donne un haut-le-cœur. Je ne m'habituerai jamais à voir des corps sans vie, surtout quand ceux-ci ont été massacrés. Les vêtements de Sophie sont déchirés, son corps est lacéré, il est couvert d'hématomes, de plaies plus ou moins profondes, et ses yeux ont été extraits de leurs orbites. Ce n'est vraiment pas beau à voir. Qui a bien pu lui faire une chose pareille ? Un globophage ? Beurk. Pauvre Sophie…

Elle était enroulée dans une bâche qui était lestée avec des parpaings. Son meurtrier ne voulait vraisemblablement pas qu'on la retrouve. Pas aussi vite, en tout cas. Cela va peut-être jouer en notre faveur. J'espère qu'il va commettre un faux pas et s'il le fait, je serai là pour le cueillir.

D'après le médecin légiste, la victime a passé plusieurs heures dans l'eau, probablement plus de vingt-quatre heures. On en saura plus quand il aura fait l'autopsie.

J'imagine qu'elle était là depuis le début. Dès le départ, c'était foutu, on ne pouvait rien pour elle. Sa mère l'avait senti. Le sixième sens des mamans.

Je m'éloigne pour appeler le commissaire. J'aurais aimé lui annoncer quelque chose de positif. Je ne suis pas très à l'aise. Mais c'est comme retirer un pansement, il vaut mieux le faire maintenant, d'un coup sec et rapide…

— Monsieur le commissaire, c'est le lieutenant Quemener. J'ai une mauvaise nouvelle. On a retrouvé le corps de Sophie ce matin.

Un silence pesant s'installe au bout du fil. Il semble un peu choqué.

— Où ? finit-il par dire, brisant ce silence.

— Dans le port. Les plongeurs l'ont remonté. Ce n'est pas une mort accidentelle.

— Comment ça ?

— Elle a été violemment agressée. C'est sans le moindre doute un meurtre…

Notre conversation ne s'éternisera pas.

Je n'aimerais pas être à la place du commissaire qui va devoir annoncer le terrible dénouement à sa belle-sœur… C'est un des aspects du métier que j'aime le moins. En fait, c'est l'aspect que je déteste, et c'est un doux euphémisme. Apprendre des nouvelles aussi tristes aux gens, ce n'est pas facile.

Je ne peux plus rien faire ici. Je décide de retourner au commissariat et laisse les techniciens de la police faire leurs photos et leurs relevés. D'autres agents fouillent les poubelles et chaque recoin aux alentours.

Arrivée au poste, je transmets à Guenaël, du service informatique, les images de la boutique. J'espère qu'il pourra en tirer quelque chose.

Je mets à jour mon rapport avec les nouveaux éléments et complète mon tableau sur la disparition de Sophie Macé. Qui change de statut et devient le meurtre de Sophie.

Puis, je vais voir le commissaire à sa demande. J'espère que maintenant que le corps Sophie a été découvert, ce n'est pas le SRPJ de Rennes qui va récupérer l'affaire. J'ai envie de garder le dossier. Je veux retrouver le monstre qui a fait ça à Sophie et l'envoyer moi-même en prison jusque la fin de ses jours. Le commissaire étant un ami d'école du procureur, j'ai une petite chance.

Je frappe énergiquement à la porte.

— Monsieur le commissaire, vous vouliez me voir ?

Assis à son bureau, il semble légèrement abattu, mais il fait bonne figure.

— Asseyez-vous, lieutenant. J'ai appelé le procureur, il nous laisse encore l'affaire ; mais il faut que nous ayons rapidement des éléments probants, sinon la Crim' récupèrera le dossier. Vous avez des pistes ?

— Oui. Sur une vidéo, on voit un homme regarder

avec insistance la victime, enfin Sophie, dans une boutique. Son comportement et son accoutrement sont louches. J'attends le retour de Guenaël, du service informatique, pour savoir si on peut avoir une image plus nette du suspect. Et cet après-midi, j'irai à la Cavale Blanche, pour avoir les premiers résultats de l'autopsie.

— Très bien, merci. Je compte sur vous pour me tenir au courant de vos avancées.

Une fois la porte refermée, je suis reboostée : je garde le dossier. Maintenant Enora, il va falloir être forte et retrouver ce fils de pute qui s'attaque à des adolescentes ! Le commissaire me fait confiance. Je vais lui prouver qu'il a raison.

Comme hier, ce midi, je reste à mon poste pour essayer de trouver un indice, quelque chose pouvant me mener au tueur parmi les éléments qu'on a recueillis : il y a ce mystérieux homme en noir et cette camionnette blanche. C'est dommage que l'on n'ait pas sa plaque ou au moins sa marque. J'appelle deux agents pour qu'ils retournent dans le quartier de Sophie, tenter de savoir si quelqu'un aurait remarqué cette camionnette mercredi soir.

À 14 heures, je vais voir si Guenaël a avancé sur les enregistrements vidéo. Guenaël est un trentenaire arrivé un peu avant moi. Il est plein de bonne volonté, mais c'est surtout un dragueur invétéré. Il a tenté sa chance avec la moitié des filles du commissariat. Il n'est pas méchant. C'est un joueur. Comme j'ai compris quel genre d'homme c'était (un homme qui aime bien qu'on flatte son ego), quand j'ai besoin d'un service ou qu'il mette mes requêtes en haut de la pile, j'entre dans son jeu. Je minaude, je le complimente et surtout, je mets mon décolleté en avant. Tous les moyens sont bons pour arriver à mes fins. Dans l'univers machiste dans lequel j'évolue, j'ai bien le droit d'utiliser cet atout de temps en temps, tant que c'est à bon escient… Et puis, le principal, c'est que ce soit efficace.

— Guenaël, dis-je avec ma voix la plus mielleuse.

— Oui, jeune et jolie demoiselle ?

— Tu as pu avancer sur les enregistrements que je t'ai donnés ce matin ?

— Oui. Alors, j'ai une mauvaise nouvelle.

— Ha…

— Ton inconnu est un petit malin. Il a fait en sorte qu'on ne puisse pas l'identifier. On ne voit son visage sur aucun des plans. Pas même dans les reflets des glaces ou des vitres.

— Merde, lâché-je, désappointée.

Non, non, non. Il faut qu'on ait quelque chose. Il le faut. Guenaël doit lire dans mes yeux ma déception, car il continue.

— Par contre, je peux quand même te donner quelques renseignements sur lui.

— Quoi ?

L'espoir renaît en moi.

— Il mesure un mètre quatre-vingts environ. Il est blanc. Il doit avoir entre quarante et cinquante ans. Il a des cheveux poivre et sel. Et son jean noir est un *Levis 501*. Désolé, c'est tout ce que j'ai.

— Je m'en contenterai. C'est mieux que rien. Merci !

Je rajoute au dossier les informations de Guenaël, ainsi que l'image la plus nette qu'il a pu avoir de notre suspect numéro 1.

Puis, je retrouve le légiste à l'institut médico-légal, à l'hôpital de la Cavale Blanche. Le médecin est accompagné d'un technicien de laboratoire.

— Docteur, vous avez de nouveaux éléments ?

— Oui, la victime est en effet décédée depuis plus de vingt-quatre heures, entre trente et quarante, je pense.

— Ce qui place l'heure du décès autour de minuit mercredi soir, réfléchis-je à haute voix.

— Elle a subi de nombreux coups dans le dos avec un objet contondant, a priori un couteau: treize au total. Ils n'étaient pas tous mortels. La lame de l'objet doit faire douze ou treize centimètres, avec un tranchant denté à la base. Et le meurtrier lui a arraché les yeux post-mortem.

— Quelle est la cause du décès ?

— Le coup de couteau qu'elle a reçu au niveau du cœur et qui est entré profondément.

— Elle a été agressée sexuellement ?

— A priori, non. Mais elle a eu des rapports protégés le jour de sa mort.

Avec son ami Mathieu, je suppose.

— Nous avons envoyé tous les échantillons au labo, mais je doute que nous trouvions de l'ADN sur le corps, étant donné qu'il a séjourné de nombreuses heures dans l'océan.

— Ok, merci.

Après cette journée riche en émotions, je rentre chez moi sur les rotules. Je n'ai qu'une envie, c'est d'aller me coucher et surtout, d'oublier l'image de Sophie en état de décomposition.

Mais visiblement, Delphine n'a pas les mêmes envies que moi. Dans la cage d'escalier, j'entends des éclats de rire et une musique lounge en provenance de notre appartement. Quand je glisse la clef dans la serrure, mes soupçons sont confirmés : ma coloc organise une soirée chez nous sans m'avoir prévenue.

Je pousse la porte et suis enveloppée par une épaisse et désagréable fumée. Delphine a transformé notre appart en fumoir. Elle va m'entendre !

— DELPHIIIIIIIIIINNE!!!!!! crié-je dans l'entrée.

Mais comme elle ne répond pas à mon hurlement, telle une furie, je pars à se recherche.

Comme je le pressentais, elle est lovée dans le canapé, à rouler des pelles à un étalon. Un modèle différent de celui d'hier.

— Delphine !

— Quoi, encore ? répond-elle à moitié pompette.

— Tu te fous de moi ? Tu organises une fête chez nous sans m'avertir. Il doit y avoir la moitié de Brest, ici !

— Et alors, on est des adultes, on peut faire la fête.

— Tes invités ne fument pas que des cigarettes.

— Et ?

— Bah, réfléchis. Je te rappelle que je suis flic.

— Quel rabat-joie.

Sans aucun égard pour moi, elle retourne galocher le beau métis assis à côté d'elle.

Furibonde, je pars me cloîtrer dans ma chambre, en ayant au préalable foutu dehors le jeune couple qui y avait élu domicile, pour explorer l'intimité de l'autre sur mon lit.

Je ne veux plus voir personne !

8.

Simon
Lorient, 24 novembre

Aie, ma tête. Je n'aurais pas dû boire autant ce week-end. J'ai la bouche pâteuse et la tête dans le pâté. J'ai bien fait de prendre ma matinée. Je me frotte les yeux. Je ne me rappelle plus grand-chose de la soirée. Ce qui me rassure, c'est que cette fois, je ne suis pas rentré avec la fille la plus moche de la boîte : je suis seul dans mon grand lit défait. Mes potes ont dû m'en empêcher. Je leur revaudrai ça.

Une bonne douche. Je mets sur moi un jean délavé et ma dernière chemise propre. Elle est un peu froissée mais ça fera l'affaire. J'enfile mon blouson, ferme les boutons-pression et je file au café du coin. Je prends l'indispensable du matin : un café serré, sans sucre, accompagné d'un croissant et de la presse locale.

Les gros titres en première page mentionnent une jeune fille retrouvée morte dans le port de Brest. Il n'est pas précisé s'il s'agit d'une mort accidentelle ou d'un crime. L'enquête doit n'en être qu'à ses prémices.

Je suis interrompu dans ma lecture par un appel : Mathilde, mon ex. Quelle plaie… Rappelez-moi de faire une enquête approfondie sur la prochaine fille qui va entrer dans ma vie. Car avec Mathilde, j'avais gagné le pompon. C'est une dingue, une vraie barge. Elle est même complétement givrée. Je m'en suis rendu compte bien trop tard malheureusement. Elle était d'une jalousie maladive, elle me suivait, me harcelait, m'appelait vingt fois par jour ; à un moment elle était hyper joyeuse, euphorique, et l'instant d'après, elle était dépressive ou en colère. On est restés à peine deux mois ensemble, mais elle avait fait croire à tout mon entourage que nous allions nous marier, que j'étais l'homme de sa vie. Elle s'était même rendue chez mes parents, sans que je ne le sache. Une folle. Cela fait plusieurs mois qu'on est séparés et elle continue de m'appeler, pensant qu'on est toujours ensemble. Je ne réponds plus. Silence radio. Direct sur la messagerie.

11 heures 30, je fais un arrêt à la pharmacie pour acheter de quoi stopper la nouba dans ma tête.

Puis, je file au boulot, faisant une étape par le *McDrive* pour commander un menu *Maxi best of* pour le déjeuner.

Arrivé à mon poste, je sors mon *double cheese* du sac et commence à le dévorer, au grand dam de mes voisins.

— Ça va, Simon, on ne te dérange pas ?

— Non, ça va, merci Éric.

— Tu sais qu'on a une salle de pause pour déjeuner ?

— Oui.

— Et tu préfères manger ici pour incommoder tout le monde avec ton *McDo* ?

— C'est ça.

— Merci, Simon.

— De rien, c'est un plaisir !

Non, ma spécialité n'est pas de pourrir la vie des gens, a fortiori de mes collègues. Mais la salle de repos est tellement austère, sans fenêtre, mal éclairée et surtout malodorante… le frigo n'a pas dû être lavé depuis son achat en 1987 (il y a d'ailleurs un sandwich qui date de cette époque à l'intérieur) et l'évier est bouché depuis le 11 août 1997. Bonjour les odeurs ! Je préfère donc éviter de me retrouver dans cette cage à lapins, si je peux. D'autant que j'ai pas mal de travail en retard : j'ai deux rapports à taper d'ici ce soir. C'est ce que j'aime le moins dans le métier : rédiger !

17 heures, j'ai terminé mes rapports et j'ai même eu le temps de m'occuper de deux personnes venues déposer plainte pour vol. Je m'apprête à prendre un café bien mérité quand je vois dans la salle d'attente un couple dans les soixante ans, qui semble réellement inquiet. Le café attendra.

— Bonjour, venez avec moi.

Ils me suivent en silence. Une fois assis autour de mon bureau, face à face, nous pouvons commencer.

— Je suis le lieutenant Le Meur. Je vous écoute.

— Notre fille a disparu, disent la mère et le père en chœur.

— Nom et date de naissance de votre fille ?

— Audrey Tanguy, 12 septembre 1988, indique laconiquement sa mère.

Je pense que c'est elle qui porte la culotte dans leur couple. Elle a l'air d'avoir un sacré tempérament. Même rongée par l'inquiétude, elle prend sur elle pour ne pas craquer.

— Elle a disparu depuis quand ?

— On ne sait pas exactement, mais la dernière fois qu'on l'a vue, c'était vendredi soir. Nous avons dîné ensemble.

— Qu'est-ce qui vous fait penser qu'elle a disparu ?

— Nous avons l'habitude de l'avoir régulièrement au téléphone ou par mail, au moins une fois par jour ; mais depuis vendredi soir, elle n'a pas donné signe de vie. On l'a appelée plusieurs fois sans succès. On a commencé à s'inquiéter. Nous sommes allés chez elle mais elle n'était pas là. Elle ne s'est pas non plus rendue à son travail aujourd'hui. Cela ne lui ressemble pas du tout. Nous avons appelé ses amis. Son ex-petit ami. Personne ne l'a vue depuis vendredi soir.

— D'accord. À quelle heure vous êtes-vous séparés, vendredi ?

— Heu, je ne sais plus trop il devait être 22 heures. Tu te rappelles, chéri ?

— Oui, c'était peu après 22 heures.

— Votre fille avait des raisons de vouloir disparaître ?

— Non, bien sûr que non ! Tout allait bien. Elle avait un bon travail. Elle était heureuse. Il ne lui manquait qu'un homme dans sa vie, mais pas de quoi disparaître, si ?

— Vous savez si elle avait des ennemis ? Des personnes qui lui voulaient du mal ?

— Non. Elle était parfois un peu rude et caustique, mais ce n'est pas une raison pour faire du mal à quelqu'un.

— Vous avez appelé les hôpitaux pour savoir si une jeune femme correspondant au signalement de votre fille n'y serait pas ?

— Oui, rien.

— Que portait-elle le soir de sa disparition ?

— Un tailleur-jupe noir. Avec une chemise blanche. Elle était très élégante.

— Vous auriez avec vous une photo d'elle ?

— Oui, tenez.

Cette Audrey est une jolie fille avec de grands yeux bleus. Elle est brune avec les cheveux coupés en carré plongeant. Elle est un peu trop sophistiquée pour moi.

Je l'enregistre dans le fichier des personnes disparues, et transmets au niveau national son signalement.

— S'il vous revient quelque chose au sujet de votre fille : dispute, menace… appelez-moi.

Je leur remets ma carte et remercie les parents.

— Éric, ça te dit de prendre l'air ?

— Hein ?

— Une jeune femme a disparu. Je vais faire un tour chez elle et dans son quartier, tu viens ?

— Ok.

Nous entrons chez la disparue grâce aux clefs fournies par ses parents.

L'appartement d'Audrey n'a pas été forcé et tout est en ordre à l'intérieur. La décoration est minimaliste. Sur la table du salon, un ordinateur portable, un bouquin et de la vaisselle sale. J'allume l'ordinateur d'Audrey, et jette un œil à ses mails. Pas de courrier pouvant expliquer sa disparition. Rien dans l'appartement ne sort de l'ordinaire, ni lettre de menace, ni trace d'effraction. Tout est en ordre. Normal.

Nous faisons le tour du quartier pour savoir s'il y aurait d'éventuels témoins. Dans son immeuble, les voisins sont unanimes. Audrey était discrète. Un oiseau dc nuit. Ellc rcntrait souvent tard le soir. Parfois accompagnée d'un homme. Rarement le même. Mais personne ne l'a vue depuis plusieurs jours.

Si elle rentrait tard, c'est qu'elle devait aller en boîte ou dans un bar. J'embarque Éric avec moi pour faire le tour des pubs du quartier. Le deuxième est le bon.

Audrey y est une habituée. Presque tous les vendredis soir, elle vient y boire un verre au bar. Seule. Et bingo, elle est venue vendredi, le barman l'a reconnue. Elle est repartie vers 23 heures 30 avec un homme. Un homme d'âge mûr, élégant. Malheureusement, personne n'est capable d'en faire une description : il était dos au comptoir. Et il a payé toutes les consommations en liquide. Dommage.

Le bar n'est pas équipé de caméra, ce qui aurait pu être grandement utile.

Je vais revenir ici ce soir autour de 22 heures, peut-être qu'un habitué a vu l'homme mystérieux avec qui Audrey Tanguy est partie. Peut-être que quelqu'un sait où ils sont allés.

La journée est finie. Je complèterai mon rapport avec les éléments obtenus demain.

22 heures, le bar est beaucoup plus vivant qu'il y a quatre heures. Je fais le tour des tables avec la photo d'Audrey. Un homme âgé, accoudé au bar avec son verre de rouge, l'a vue vendredi.

— Elle était avec un type en costard. Je suis arrivé presque en même temps que lui. Il conduisait une sorte de camionnette blanche.

— Vous pouvez nous faire une description de l'homme ?

— Je suis désolé. Je ne l'ai pas bien vu. Il a attiré mon attention car ce gars sentait le fric, et j'ai trouvé bizarre de le voir conduire un véhicule comme celui-ci. Je me serais attendu à le voir dans une merco. Il était plutôt grand avec des cheveux gris. Il avait une belle montre et l'air cultivé.

— Ok, c'est noté. Et la camionnette, vous savez de quel modèle il s'agit ?

— Non, désolé. C'était un utilitaire tout simple.

— S'il vous revient un détail ou quelque chose sur cet homme, appelez-moi.

Je lui remets ma carte.

Où ce type a-t-il bien pu emmener Audrey ? Et qu'a-t-il prévu de lui faire ?

Je n'avancerai pas plus ce soir.

9.

Enora
Brest, 25 novembre

Avec Delphine, c'est un peu tendu. On ne s'est pas adressé la parole depuis vendredi soir.

Et le fait que je n'avance pas sur le meurtre de Sophie n'aide pas. J'ai le moral dans les chaussettes. Je passe le plus clair de mon temps au poste, à essayer de comprendre qui est le meurtrier de la lycéenne.

Le rapport des techniciens ne m'a pas amené plus de réponses. Aucune empreinte digitale sur le corps, et comme on s'y attendait, pas d'ADN. Rien nous permettant de remonter jusqu'au meurtrier de Sophie Macé.

Ils ont néanmoins identifié l'arme du crime : un couteau fixe *Gerber* avec une lame en acier inox de treize centimètres et un tranchant denté à la base. Son manche ergonomique antidérapant doit permettre au meurtrier de porter ses coups avec plus de facilité. C'est un couteau de survie. Ce n'est pas l'arme la plus couramment utilisée lors d'un crime. Mais elle est réputée pour très bien couper.

Les recherches au domicile de la jeune victime n'ont également rien donné. Pas d'effraction. Aucune présence sortant de l'ordinaire relevée dans l'appartement. Rien non plus sur ses comptes en banque, ses appels téléphoniques, son répondeur. Ni dans son courrier ou sur son ordinateur.

Ça m'énerve. Le tueur est méticuleux. Il n'a laissé aucun indice nous permettant de remonter jusqu'à lui. Le rapport définitif du médecin légiste n'apporte rien non plus. Rien, rien, rien, je n'ai rien. Je piétine.

On a réinterrogé tout son entourage, ses amis de lycée, ses harceleurs, ses voisins. Personne n'a vu l'homme de la vidéo. Cet homme est un mystère, d'où sort-il ? Qu'est-ce qui m'échappe ?

Ce matin, je regarde dans les bases de données s'il n'y a pas eu des meurtres similaires, en faisant un recoupement avec les éléments obtenus. Et une affaire attire mon attention : une jeune femme a disparu depuis plusieurs jours à Lorient. Et le suspect ressemble étrangement au mien : âge mûr, cheveux grisonnants. Mais c'est surtout son véhicule qui m'interpelle : une fourgonnette blanche. Ce ne peut être une coïncidence. C'est un certain lieutenant Le Meur qui est en charge du dossier. Il faut que je l'appelle pour en savoir plus.

— Lieutenant Le Meur ?

Jolie voix. Il ne doit pas être bien vieux.

— Bonjour, lieutenant Quemener du commissariat de Brest.

— Bonjour. Que puis-je pour vous ?

— Je vous appelle au sujet de votre enquête sur la disparition d'Audrey Tanguy.

— Oui ?

— À Brest, une jeune fille a été retrouvée morte samedi, et il semblerait que ces affaires soient liées.

— Comment ça ?

— Notre suspect est un homme entre quarante et cinquante ans, les cheveux poivre et sel. Comme le vôtre.

— Comme des millions d'hommes en France.

— Et il conduit aussi une camionnette blanche.

— En effet, c'est troublant. Mais notre affaire n'est encore qu'une disparition. Où avez-vous retrouvé votre victime ?

— Dans le port.

Le lieutenant Le Meur doit m'envoyer par email tous les éléments qu'il a. S'il s'avère que nos affaires n'en font qu'une, nous sommes peut-être en présence d'un tueur en série. Je n'ai jamais participé de près ou de loin à une enquête sur ce genre de meurtrier.

Je rafraîchis ma messagerie toutes les minutes pour voir si je n'aurais pas reçu quelque chose du commissariat de Lorient. Et au bout de dix minutes, le courrier tant attendu est dans ma boîte mail.

> Bonjour, lieutenant Quemener,
>
> Ci-joints les détails sur la disparition d'Audrey Tanguy.
>
> En espérant que cela puisse vous aider.
>
> Cordialement,
>
> Simon

C'est marrant qu'il signe par son prénom, cela ne fait pas très « pro ». Attachés au mail, il y a plusieurs documents et une extension en .JPG. J'ouvre la photo. C'est un cliché de la disparue et le moins que l'on puisse dire, c'est qu'elle ressemble étrangement à Sophie Macé. Une brune aux yeux bleus. Notre tueur aurait donc un penchant pour ce genre de filles. En tant que châtain aux yeux verts, me voilà tranquille.

Sophie avait dix-sept ans, Audrey en a vingt-six. Le meurtrier aime les jeunes femmes. J'imprime la photo d'Audrey et l'accroche au tableau à côté de celle de Sophie.

Je regarde ensuite les éléments de l'enquête lorientaise. Ils ne sont pas plus avancés que nous. Le portrait-robot du tueur est un peu affiné : élégant, montre de luxe.

À lire la prose de ce Simon Le Meur, je me dis que ce ne devait pas être un élève très assidu en cours de français. Il y a des fautes d'orthographe et de conjugaison à chaque ligne. En revanche, un bon point pour son sens du détail.

Je passe l'après-midi à noter les concordances entre nos deux affaires. Si mon pressentiment est le bon, le lieutenant Le Meur devrait trouver le corps d'Audrey Tanguy dans le port. Je me sens de nouveau reboostée. Le dossier prend une autre dimension. Avec les nouveaux éléments, nous allons avancer plus vite. Je le sens. Nous allons retrouver ce tueur et l'enfermer jusqu'à la fin de ses jours, avant qu'il ne fasse d'autres victimes.

En fin de journée, je vais voir le commissaire pour lui faire part de l'avancée de l'enquête.

— Si vous avez raison, l'affaire risque de vite nous être retirée.

— Mais ce n'est pas juste, c'est notre dossier !

— C'est le boulot de la Criminelle, pas le nôtre. En attendant la confirmation, vous continuez vos investigations.

Pas de nouvelles du lieutenant Le Meur. Ils n'ont peut-être pas retrouvé le corps. Je l'appellerai demain. Je débauche.

À la coloc, c'est toujours la guerre froide : Delphine a pris possession du salon avec son nouveau mec et ne m'adresse pas un regard quand je rentre. Nous communiquons par *post-it* interposés. Ce soir, sur ma porte, j'ai droit à un chaleureux message : *C'est à toi de nettoyer la salle de bains cette semaine*.

Ambiance.

10.

Simon
Lorient, 25 novembre

— Alors, Simon, tu as appris quelque chose de plus, hier soir ? me demande Éric, à peine ai-je enlevé ma veste.

— Sur la dernière personne qui était avec Audrey : oui. Cet homme est louche. Il se cache, il porte des vêtements et des bijoux de luxe, mais conduit une simple fourgonnette. Ce n'est pas clair.

Je complète la fiche d'Audrey avec tous les détails découverts sur sa disparition. Je convoque son ex-petit ami et plusieurs de ses relations au commissariat. Peut-être auront-ils des informations sur cet homme ?

À 10 heures, j'ai un appel qui va faire avancer mon enquête de manière significative.

C'est le commissariat de Brest. Le lieutenant Quemener, une jeune femme assez speed, a une affaire similaire à la mienne. Elle a une charmante voix, mais un débit de parole assez impressionnant. Difficile de la suivre. Je comprends l'essentiel : ma victime est peut-être dans le port.

J'appelle les plongeurs de la police pour qu'ils aillent vérifier là-bas qu'un corps ne s'y trouve pas. Leur intervention est prévue pour le début d'après-midi.

Et comme indiqué au téléphone, j'envoie tout ce que j'ai au lieutenant Quemener. Je me demande bien à quoi elle ressemble. Elle ne doit pas être vilaine, je pense. En tout cas, au son de sa voix, je l'imagine fine, assez grande, brune aux yeux clairs.

Je n'ai pas le temps de rester à l'imaginer que l'ex-petit ami de la disparue est déjà là.

Le reste de la matinée est consacré à auditionner l'entourage d'Audrey, qui malheureusement, n'a rien de bien intéressant à m'apprendre. Audrey est une jeune femme assez solitaire, elle n'a pas beaucoup d'amis. C'est une bosseuse, elle sort souvent seule et passe le plus clair de son temps cloîtrée chez elle à lire ou regarder des films, quand elle n'a pas ramené un homme à son domicile. Un personnage complexe.

14 heures, sans attendre qu'on m'appelle, je vais sur le port avec d'autres policiers. Nous fouillons les alentours à la recherche d'éléments utiles à l'enquête. Mais si le meurtrier et Audrey sont venus ici, il n'y a rien qui le laisse supposer.

Il est 16 heures, et les plongeurs n'ont toujours rien trouvé. Peut-être qu'Audrey n'est pas là. Elle est peut-être toujours en vie et je perds mon temps et surtout celui d'Audrey, ici.

Je m'apprête à retourner au poste quand un des plongeurs m'interpelle. Ils l'ont retrouvée.

Je préviens le commissariat pour qu'ils envoient un médecin légiste et la police scientifique, pendant que les policiers délimitent un périmètre de sécurité.

Le Zodiac revient avec à son bord une jeune femme massacrée. Son visage est gonflé et bouffi, ses vêtements déchirés. Son meurtrier s'est acharné sur elle : elle a de nombreuses plaies sur le corps, ainsi que plusieurs hématomes et il lui a enlevé les yeux, ses magnifiques yeux bleus. Mais quel genre de psychopathe peut faire ça ?

C'est monstrueux.

Le médecin légiste est le premier sur place. Je le laisse faire les premières constatations et quand les techniciens arrivent, je leur laisse le champ libre. Je fais le tour du port à la recherche d'éventuels témoins. Malheureusement pour moi, personne n'a rien vu.

Avant de retourner au poste, je vais au domicile des parents de la victime pour les avertir de notre macabre découverte. Ce n'est pas la partie la plus plaisante de notre métier. Une fois devant la porte de leur majestueuse maison, je prends une profonde inspiration pour me donner du courage. Ce n'est qu'un mauvais moment à passer. Et l'information va être bien plus difficile à recevoir qu'à transmettre. Je n'imagine même pas la peine qu'ils vont ressentir. C'est la pire chose pour un parent que de perdre son enfant.

Je sonne. C'est madame Tanguy qui m'ouvre la porte. Je lis dans son regard de l'inquiétude.

— Madame, je suis désolé, mais je n'ai pas une bonne nouvelle.

Je n'ai pas besoin d'ajouter un mot de plus : elle a compris. Elle porte ses mains devant son visage et se met à pleurer. Je la prends dans mes bras. Son mari, alerté par les sanglots de sa femme, arrive immédiatement. Il a compris lui aussi que sa fille n'est plus là. Il s'agrippe à la porte et serre son épouse contre lui.

Avant de m'éclipser, je leur promets de tout faire pour retrouver la personne qui a arraché la vie à leur fille. Et quand je fais une promesse, ce n'est pas une parole en l'air, je mets un point d'honneur à la tenir.

Je retourne au commissariat mettre à jour mon rapport. J'essaie de ne pas prendre trop de retard sur cette affaire, pour ne pas me faire tirer les oreilles par le chef. Je déteste ça : faire de la paperasse. Je ne suis pas un littéraire. Je suis un homme de terrain. Rester assis derrière un bureau, je n'aime pas. J'ai besoin d'action, de bouger. Malheureusement, cela fait aussi partie du job.

Il est presque 20 heures quand je sors la tête de mon

écran. Je réalise que je n'ai pas rappelé le lieutenant Quemener. Elle avait vu juste sur le lieu où se trouvait Audrey. Nous avons donc affaire à un seul et unique meurtrier. Il faut que je l'appelle demain pour qu'on fasse le point sur nos avancées.

Ce soir, je retrouve des potes dans un bar, cela va me changer les idées. J'en ai bien besoin.

11.

Thierry
Vannes, 25 novembre

8 heures, mon téléphone sonne. Je peine à ouvrir l'œil. Je me couche de plus en plus tard. Je n'ai pas mon quota de sommeil.

J'attrape le combiné et entends la voix préenregistrée du service de réveil.

Dans mon lit XXL, je soulève la lourde couette pour libérer mes jambes. Je glisse mes pieds dans les chaussons gracieusement offerts par l'hôtel et allume la télévision.

> *« [...] Après un mois de septembre encourageant, le nombre de demandeurs d'emploi est reparti à la hausse en novembre [...] »*

J'écoute d'une oreille distraite le journal télévisé, et vais prendre une douche rapide pour me réveiller. Quand je coupe l'eau, une nouvelle m'interpelle.

> *« [...] Le corps d'une adolescente a été retrouvé ce week-end dans le port de Brest [...] »*

J'attrape le peignoir mis à ma disposition et me précipite dans la chambre, pour écouter la suite des informations.

> *« [...] La victime, âgée de dix-sept ans, avait disparu dans la nuit de mercredi à jeudi. Pour l'instant, aucune information n'a*

filtré de la part de la police sur l'enquête [...] »

C'est la première qui se retrouve sous le feu des projecteurs. Je ne pensais pas qu'on la découvrirait si vite. Je n'ai pas dû la lester suffisamment, ou j'ai dû la larguer trop près du rivage.

Ce n'est pas bien grave. Les flics ne trouveront rien. Je ne suis pas inquiet. J'ai fait attention. Je me demande juste si les autres dépouilles vont refaire surface aussi rapidement. J'en doute.

On frappe à ma porte. Cela me fait sortir de mes pensées. C'est le room-service. Mon café serré, mes tartines de confiture, mon jus d'orange pressé et les journaux me sont servis sur un plateau. Cette nouvelle, bien que dans ma tête, ne va changer en rien le déroulement de ma journée.

Une fois le repas le plus important de la journée pris, je retourne me préparer dans la salle de bains, car j'ai un rendez-vous important ce matin. Je me rase de près et passe un costume sur mesure. Devant la météo, je mets ma montre, cadeau de mon frère.

J'ai la chance d'avoir un métier plutôt bien rémunéré et de travailler dans un domaine intéressant. Le relationnel est assez important dans ma branche mais malheureusement, ce n'est franchement pas ma tasse de thé. Je dois chaque jour lutter contre ma nature.

En revanche, un avantage non négligeable, c'est que je peux organiser mon emploi du temps comme je le souhaite, et nul besoin de justifier mes horaires. Ainsi aujourd'hui, je n'ai qu'un rendez-vous à 9 heures.

Le reste de la journée, je vais pouvoir vaquer à mon occupation préférée : traquer ma proie.

Mon entrevue terminée, je prends ma voiture direction le centre-ville.

Je suis impatient de la revoir. Je l'ai repérée à la *FNAC* hier après-midi. Semblable aux autres : de longs cheveux noirs très fins, des yeux bleu lagon, un brin aguicheuse et pétulante. Elle est parfaite.

Elle est esthéticienne dans un salon de beauté rue Hoche. Du café d'en face, je peux l'apercevoir recevoir les clientes. Elle semble si heureuse ! Elle garde le sourire malgré le défilé incessant de personnes. Elle m'a l'air d'être une gentille fille.

Je patiente en attendant le meilleur moment pour passer à l'action.

Hier, je n'ai pas eu d'occasion. Elle est restée toute la soirée à son domicile en tête à tête avec son fiancé. Il faut impérativement que j'agisse avant qu'elle ne rentre chez elle ce soir.

Toute la journée, je reste à l'observer, faisant mine de travailler sur mon ordinateur portable pour ne pas attirer l'attention. Personne ne doit savoir pourquoi je suis là.

À 13 heures, la proie sort de sa tanière. Je la suis à bonne distance. J'aime ce moment où elle ne se doute pas de ma présence. Elle s'arrête acheter une salade. Je suis juste derrière elle. Je peux sentir son parfum, je peux presque la toucher. Je sens l'excitation monter en moi. Mais je me contrôle. Le moment n'est pas encore venu.

19 heures, elle part la dernière de l'institut. La nuit est tombée. Elle ferme la boutique. Il y a encore beaucoup de monde dans la rue. Trop. Elle marche vite. Je slalome entre les passants pour ne pas la perdre de vue. J'ai peur qu'elle me file entre les doigts.

Où peux-tu bien aller, jeune fille ? Ce n'est pas la direction de chez toi.

Elle s'arrête devant un grand immeuble et s'y engouffre. Serait-ce là qu'habite ton cher et tendre ? J'espère que non.

Elle a disparu de mon radar. Je patiente quelques minutes. Elle ne redescend pas. J'imagine qu'elle est là pour un certain temps, en espérant que ce ne soit pas pour toute la nuit.

Je rebrousse chemin pour aller chercher ma voiture. Je me gare en face de l'immeuble.

Seul dans mon auto, j'écoute de vieux morceaux de jazz pour me détendre. Je souhaite qu'elle ne tarde pas car demain, je dois impérativement me rendre à La Rochelle. Je ne cesse de tapoter d'impatience du bout des doigts sur mon volant. Plus le temps passe, plus mes espoirs s'amenuisent. Elle ne peut pas me faire ça, elle ne le doit pas. Il faut qu'elle sorte et que je puisse accomplir mon rituel.

À 23 heures, la porte de l'immeuble s'ouvre et la jeune esthéticienne apparaît. Alléluia ! Je commençais à perdre espoir.

Elle est seule et prend la direction de chez elle d'un pas rapide et décidé. C'est maintenant ou jamais. La rue est sombre, désertée. Je démarre et vais me garer cent mètres plus loin. Je sors de la voiture doucement, en silence. J'enfile mes gants et ma casquette. Et sans un bruit, je vais me cacher dans un renfoncement. J'attends qu'elle vienne jusqu'à moi : se jeter dans la gueule du grand méchant loup.

J'entends le bruit de ses talons résonner dans la rue. Elle est de plus en plus proche. Je sens l'adrénaline monter en moi. Qu'est-ce que j'aime ça ! Un spasme me parcourt le corps.

Elle passe devant moi sans remarquer ma présence. Sûre d'elle, confiante, bravant le froid et la nuit, sans se douter que sa vie est sur le point de se terminer de manière abrupte. Je me colle à elle. Et avant qu'elle ne comprenne ce qui se passe ou puisse réagir, je mets rapidement ma main droite sur sa bouche et appuie fort, pour l'empêcher de crier. De l'autre main, je l'agrippe par la taille. De toutes mes forces, je la maintiens immobile. Comme les autres, elle essaie de se débattre. Plus elle essaie de se libérer, plus je la serre. Elle lutte pour sa vie. Mais elle est bien trop petite, trop fine, trop faible. Elle gaspille son énergie pour rien. L'issue sera fatale quoi qu'elle fasse.

Je l'entraîne vers mon véhicule. Je la sens sangloter. Cela ne me fait rien. Pour la première, j'ai presque eu des remords, mais ce n'est plus le cas. C'est le premier pas qui coûte, comme on dit.

J'ouvre la porte arrière et la pousse à l'intérieur de l'habitacle. Je monte avec elle.

Assise sur le sol, elle me fixe. Je lis dans ses yeux la terreur. Elle gémit. Des larmes ruissèlent le long de ses joues. Son mascara a coulé. Elle n'est plus aussi jolie, maintenant. Elle me supplie de la laisser partir. Elle a un petit garçon. Il ne peut pas grandir sans sa maman. Elle a toute une vie à vivre. Elle promet de ne rien dire. Si je la laisse partir, elle oubliera tout. Elle le jure sur la tête de toutes les personnes à qui elle tient. Quoi qu'elle fasse ou dise, mon plan ne changera pas.

Je sors mon couteau de son étui attaché à ma ceinture. Ses cris et pleurs repartent de plus belle. Elle frappe violemment sur le sol.

— Tu peux faire tout le bruit que tu veux, personne ne t'entendra. Ne t'inquiète pas, tout sera bientôt fini.

Elle se recroqueville sur elle-même en se cachant le visage. Si elle croit que cela va m'arrêter, elle est plus bête que je ne le pensais.

Je l'attrape par le bras, la fais tomber sur le ventre.

Maintenant, les réjouissances peuvent commencer…

12.

Enora
Brest, 26 novembre

À la radio et à la télévision, la mort de Sophie tourne en boucle. Le commissaire nous a demandé de ne pas parler aux journalistes pour l'instant. Ils savent juste que le corps d'une jeune fille a été retrouvé. Nous gardons pour nous certains détails sordides. Nous n'avons pas fait mention, notamment, des treize coups de couteau et de l'ablation des yeux.

Arrivée de bonne heure au poste, je tente d'appeler Simon Le Meur, sans succès. Cela ne m'a pas l'air d'être un matinal. À la façon nonchalante dont il m'a répondu au téléphone hier, je ne suis qu'à moitié surprise.

Je vais dans les bases de données essayer de voir s'il n'y aurait pas d'autres cas similaires de disparitions de jeunes femmes brunes aux yeux clairs, entre quinze et quarante-cinq ans, dont on n'aurait pas retrouvé les corps.

Le logiciel me sort trente-deux fiches, trente-deux disparues jamais retrouvées.

Pour quatre d'entre elles, les signalements remontent à plus de vingt ans. Je ne pense pas que ce soit lié à l'affaire, à moins que le tueur n'ait commencé vraiment jeune. J'écarte cette hypothèse dans un premier temps.

Ce qui m'interpelle en revanche, c'est que six des disparues ont été signalées dans les deux derniers mois, dans six villes différentes. Si ces faits sont liés, le tueur est un voyageur. Ce qui veut dire qu'il peut frapper n'importe où. Je n'aime pas trop cette idée.

Je regarde en détail chaque dossier. Les victimes ont toutes disparu de nuit en rentrant chez elles. Et pour chaque affaire, la thèse de l'enlèvement est privilégiée. Elles étaient toutes heureuses et sans problèmes.

Toutes les enquêtes sont au point mort. Aucune piste sérieuse. Pour une disparue, Christelle Le Moigne, un jeune homme rencontré sur Internet, un certain Mathias, a un temps été suspecté, mais aucun élément n'a été trouvé pour l'incriminer. Ce qui ne veut pas dire qu'il est innocent. Même chose pour Maryline Dubois : un homme avait été dans la ligne de mire des enquêteurs, mais il semble avoir un alibi. Camille Le Roy, quant à elle, avait presque failli échapper à son bourreau mais il est revenu la chercher chez elle. Cet acharnement est assez surprenant. L'agresseur a pris le risque de se faire attraper, d'autant qu'elle avait eu le temps d'appeler la police. Comme s'il voulait cette fille et pas une autre. Il ne doit pas les choisir au hasard. Ce ne sont pas que des jeunes femmes brunes aux yeux bleus, pour lui. Que sont-elles alors? Pourquoi elles ?

Si c'est le même individu qui est responsable de toutes ces disparitions, nous avons affaire à un tueur plutôt prolifique.

J'ai besoin que le lieutenant Le Meur me dise qu'il a retrouvé sa victime. Cela confirmera mon hypothèse et nous pourrons appeler les autres commissariats, pour qu'ils cherchent au bon endroit.

Je vais me prendre un café pour essayer d'avoir les idées claires.

Quand je retourne à mon poste, mon téléphone sonne. Je me précipite pour décrocher.

Lieutenant Quemener, dis-je essoufflée.

— Bonjour, Simon, enfin lieutenant Le Meur.

Enfin ! Je rentre directement dans le vif du sujet, ne pouvant cacher mon impatience.

— Bonjour. Vous avez retrouvé Audrey ?

— Oui.

— Elle était bien dans le port ?

— Oui.

— Son corps était couvert de plaies et le meurtrier lui a pris les yeux ?

— Oui.

— Le médecin légiste a rendu son rapport ?

— Non, pas encore.

— Je sais déjà ce qu'il va conclure : plusieurs coups de couteau dans le dos, ce qui sera la cause du décès. Nos deux victimes sont passées entre les mains du même tueur, c'est une certitude. Il faut qu'on trouve ce qu'elles ont en commun, et où elles ont bien pu croiser leur agresseur.

— Oui. Vous proposez quoi ?

— Je viens vous voir avec mon dossier. On met tout en commun et on cherche les concordances.

— Ok.

Il n'est pas très loquace, ce Simon… Il faut batailler pour lui arracher les mots de la bouche. Encore un qui doit se laisser porter par la vie, un « mou du genou » comme j'aime les appeler. Eux, ces hommes qui attendent qu'on fasse tout le boulot, qui se laissent vivre, sans réel but, ni motivation.

Que ce soit dans le cadre du boulot ou dans la vie privée, j'aime que l'homme ait du répondant, qu'il agisse, qu'il ose, qu'il soit force de proposition. Malheureusement, c'est une espèce en voie d'extinction. Ils sont progressivement remplacés par des assistés qui aiment qu'on leur prémâche le travail. Simon fait probablement partie de la nouvelle génération d'hommes « mous du genou ». Ce n'est pas bien grave. Nous ne sommes amenés à nous côtoyer que de manière ponctuelle et sur une courte période. J'aurai de la motivation et de la détermination pour nous deux. J'irai au bout de cette affaire, j'en suis persuadée, avec ou sans son aide.

Je file voir le commissaire pour lui faire part des

nouveaux éléments.

Quand je frappe énergiquement à sa porte, je suis confiante et déterminée : cette affaire est la mienne, il ne peut en être autrement.

On vient de faire un pas de géant. Je suis sûre que notre meurtrier est un tueur en série et a fait plusieurs victimes. Il faut qu'on les retrouve toutes, et identifier ce qui les unit.

— Vous êtes consciente qu'à partir du moment où les corps auront été retrouvés, nous allons être dessaisis du dossier ?

— Oui, mais c'est un mal pour un bien. Nous avons besoin de relier toutes les victimes pour avancer.

Je marque une pause pour amorcer ma requête.

— Commissaire, j'aimerais, si cela est possible, me rendre à Lorient pour essayer de trouver des similitudes entre Sophie et la victime lorientaise.

Après quelques secondes d'hésitation à taper avec son stylo sur son bureau, il me répond.

— Ok, allez-y, tant que nous sommes encore sur l'affaire.

Intérieurement, je suis excitée et saute de joie. Mais extérieurement, je ne laisse rien transparaître. Je reste professionnelle.

J'appelle le lieutenant Le Meur pour le prévenir que je serai là d'ici une heure trente.

Mais avant de partir, j'appelle les six commissariats en charge des enquêtes sur les disparues pour leur faire part de mon hypothèse, et leur demander de chercher leur victime dans le port ou point d'eau le plus proche de la ville. Si j'ai vu juste, d'ici ce soir, nous aurons six nouveaux corps.

11 heures 30, j'arrive à Lorient sous une pluie battante : qu'ils me parlent encore de leur temps plus clément ! À Brest, quand je suis partie, le temps était

peut-être gris mais il ne pleuvait pas.

À l'accueil du commissariat, je m'annonce en montrant ma carte. Le brigadier appelle le lieutenant Le Meur. Je suis curieuse de découvrir à quoi il ressemble.

Quelques minutes plus tard, un jeune homme en *Converses*, jean délavé, chemise froissée et cheveux noir ébène en pétard s'avance vers moi. Ne me dites pas que c'est lui, le lieutenant Le Meur ? Il a quel âge ? Dix-huit ans ?

— Lieutenant Quemener ?

— Oui, lieutenant Le Meur ?

— C'est ça. Suivez-moi.

Eh merde, je vais bosser avec un adolescent attardé. Mais où ils recrutent leurs lieutenants ici ? Au collège ?

Autour de son bureau, nous mettons en commun nos recherches.

Rien dans la dernière journée de nos victimes ne semble avoir de rapport, rien non plus dans leurs habitudes ne semble lié. Je pense qu'il va falloir creuser un peu plus.

13 heures, mon ventre crie famine et signale son mécontentement par un grognement aussi long que bruyant. Mes joues s'empourprent dans la seconde.

Fichu ventre ! Je me sens honteuse. Pourtant, il n'y a pas de quoi.

— Lieutenant Quemener, auriez-vous un petit creux ? demande Le Meur avec un sourire coquin.

— Ce n'est pas improbable, lui réponds-je les yeux baissés.

Ni une ni deux, le lieutenant m'emmène dans la brasserie au coin de la rue pour nous ravitailler. Durant tout le repas, nous ne nous écartons pas du sujet qui nous obnubile : l'affaire. Finalement, mon collègue me semble plus pro que je ne le pensais, moins brouillon. Comme quoi, les premières impressions...

Une fois la dernière bouchée de mon fondant au chocolat engloutie (il va falloir que je fasse cinq séries d'abdos ce soir pour éliminer), il est temps de penser à la suite.

— Lieutenant, est-ce qu'on pourrait aller voir l'appartement d'Audrey ?

— Appelez-moi Simon, ce sera plus simple ; et si on travaille ensemble, on peut peut-être se tutoyer, non ?

— Ok pour le tutoiement, Simon ; moi, c'est Enora.

— Joli prénom.

— Merci.

— Allez, on y va.

Il attrape sa veste en croûte de cuir bicolore qui va parfaitement avec sa panoplie de jeune geek, et je le suis.

Sur le chemin, j'ose lui poser la question qui me brûle les lèvres depuis le début.

— Simon, excuse mon indiscrétion, mais tu as quel âge ?

— Trente ans.

— Quoi ?

— J'ai trente ans.

— Non, mais en vrai ?

— Toujours trente.

— Tu fais facile cinq de moins.

Je pense que son look décontracté y est pour beaucoup.

L'appartement d'Audrey est très épuré et plutôt moderne, aux antipodes de celui de Sophie.

Chez Sophie, c'était chargé, désordonné, fait de récupération.

L'une était en couple, l'autre célibataire. L'une omniprésente sur les réseaux sociaux, l'autre inexistante. À première vue, elles n'avaient rien en commun.

À part que toutes les deux étaient de grandes lectrices. En même temps, je doute que ce soit leur passion pour la littérature qui les ait tuées.

Je pense qu'il va falloir recouper les informations avec les autres victimes.

Je mandate deux agents de Brest pour qu'ils essayent d'établir l'emploi du temps de Sophie les jours précédant sa mort. Sur Lorient, deux policiers se chargent de celui d'Audrey.

De retour au poste, le médecin légiste a rendu son rapport : treize coups dans le dos, le couteau est aussi un *Gerber* avec une lame en acier inox de treize centimètres et un tranchant denté à la base, les yeux retirés post-mortem. Et toujours aucune trace d'ADN. Merde. J'aurais aimé un indice supplémentaire. Mais je ne désespère pas ; à un moment ou à un autre, le meurtrier fera un faux pas et je serai là pour le voir.

Le commissariat de La Baule me rappelle dans l'après-midi. Ils ont retrouvé le corps de la disparue dans le port, comme je le pressentais.

C'est confirmé : on a affaire à un tueur en série.

Sur le chemin du retour, le commissariat de Bordeaux m'appelle. Ils ont eux aussi retrouvé leur victime. Ils me transmettront leur rapport quand ils auront les résultats d'analyses.

Le jour est tombé quand j'arrive sur Brest. Le poste a pris son rythme de nuit.

Le commissaire est toujours là. Je me demande s'il ne reste pas volontairement au travail le soir pour éviter de rentrer chez lui, et ne pas avoir à affronter la tristesse de sa femme et de sa belle-sœur. Ce serait lâche et cela ne lui ressemble pas. Peut-être qu'il est lui aussi affecté par la mort de Sophie, et qu'il se sent impuissant face au désarroi de son épouse ? Toujours est-il qu'il reste de plus en plus tard au poste, et il faut que j'aille le voir. Je n'ai pas vraiment envie de lui dire pour les corps retrouvés… mais il le saura, s'il ne le sait déjà.

Je frappe à la porte de son bureau, avec moins de force et de conviction que plus tôt dans la journée.

— Commissaire, je peux vous parler ?

— Bien sûr.

— C'est au sujet de l'enquête…

Il m'interrompt avant que je puisse terminer ma phrase.

— Je sais. Bordeaux, La Baule et Caen m'ont appelé. Nous sommes dessaisis. C'est la Criminelle de Paris qui reprend l'affaire.

— Mais commissaire, on a … tenté-je de plaider ma cause.

— Ce n'est pas moi qui décide, me coupe-t-il sèchement. Le capitaine Berthelot arrive demain. Merci de lui transmettre tous les éléments recueillis, continue-t-il froidement.

Inutile de protester ou d'essayer d'argumenter, je n'ai pas le choix. Quoi que je puisse dire, cela ne changera rien.

— Très bien, finis-je par conclure, sans le penser.

Je sors du bureau en traînant les pieds. Merde, merde, merde ! J'étais sur une bonne impulsion. J'aurais pu résoudre cette affaire. J'en étais capable.

Je m'en fiche ; quoi que disent nos supérieurs, je continuerai à chercher le meurtrier. Je n'arrêterai pas tant qu'il sera en liberté.

13.

Simon
Lorient, 26 novembre

Je n'aurais pas dû sortir avec mes potes, hier. Je ne résiste jamais à l'appel de la jolie sirène « alcool ». *Stomps* rejoue encore un concert dans ma tête. Ma langue est aux abonnés absents. Bref, la journée va être difficile.

Bien sûr, je n'ai pas entendu mon réveil. Je vais encore une fois être en retard. Une douche rapide. J'attrape les premiers vêtements qui me tombent sous la main.

Quand j'arrive au poste, j'ai trois appels en absence. C'est Brest. Mais elle n'a pas de vie personnelle, cette fille ? Elle arrive aux aurores au taf et repart à point d'heure.

Je la rappelle pour lui dire qu'elle avait raison. J'imagine qu'elle va jubiler. Les filles adorent qu'on dise qu'elles avaient raison.

Durant la conversation, ma collègue ne me laisse pas en placer une. Elle est un peu reloue. Je pense que c'est le genre de fille auquel on ne peut pas dire non. Elle semble un brin autoritaire et légèrement casse-couilles. Cela ne m'étonnerait pas qu'elle vive seule avec son chat. Aucun mec ne supporterait une fille comme ça.

Bon, elle semble hyper enthousiaste de la nouvelle. Il y a a priori d'autres victimes. Elle vient sur Lorient pour qu'on bosse sur le dossier. Ok.

J'en profite pour prendre deux cafés d'avance. Elle semble tellement speed qu'avec ma gueule de bois, je n'arriverai pas à suivre le mouvement, sinon.

À 11 heures 30, l'accueil m'appelle. Elle vient d'arriver. Je vais donc enfin voir à quoi ressemble le lieutenant Quemener. Machinalement, je passe ma main dans mes cheveux pour les remettre en place.

Je découvre, dans le hall d'entrée, une jeune femme aux antipodes de ce que j'avais imaginé. Elle n'est pas bien grande. Elle doit faire à peine un mètre soixante (elle ne peut pas être plus petite, c'est la taille limite pour être officier). Elle a vingt-cinq ou trente ans, des cheveux châtains plutôt longs et des yeux verts perçants. Je l'imaginais froide, glaciale. Elle est souriante et semble plutôt sympathique. Je suis un peu déstabilisé. Elle est jolie mais complétement différente de ce à quoi je m'attendais.

Elle est aussi assez sûre d'elle, comme au téléphone. Elle prend les commandes.

Nous travaillons ensemble toute la matinée. Mais nous sommes interrompus par un tremblement de terre. Enfin, le grognement de son ventre. Elle devient rouge comme une tomate. C'est mignon de voir cette jeune femme tellement assurée perdre tous ses moyens en une fraction de seconde, à cause d'un gargouillement.

J'ai faim moi aussi. Je n'ai pas eu le temps de petit déjeuner : la faute à la panne de réveil. Je l'emmène manger dans « ma cantine », tout près du commissariat.

Moi qui pensais faire une coupure… Il n'en est rien. Elle reste focalisée sur l'affaire, analysant tout, essayant de comprendre et de tout démêler. J'ai beau lui rabâcher que Rome ne s'est pas faite en un jour, c'est le genre de fille à vouloir tout, tout de suite. Elle ne lâche rien.

Le seul moment où elle dévie du sujet, c'est quand on est en route pour chez Audrey. Elle s'interroge sur mon âge. S'intéresserait-elle à moi ? J'ai plutôt l'impression qu'elle me prend pour le stagiaire. Je n'ose pas lui demander son âge en retour, les femmes n'aiment pas en général le dévoiler. De toute façon, elle ne doit pas être bien vieille. Quand elle sourit, des ridules naissent autour de ses yeux, mais ce sont les seuls signes du temps que j'aperçois sur cette peau de bébé.

Cette fille a quelque chose de touchant et en même temps d'hyper agaçant.

— Simon, La Baule vient de retrouver sa victime !

— C'est bizarre quand même, une victime dans chaque ville.

— Oui. Le tueur doit avoir un métier qui le contraint à se déplacer régulièrement.

— Un marin ? Quelqu'un qui travaille sur un bateau ?

— Oui, ce serait logique. Ces femmes sont retrouvées dans des ports.

— Attends, on sait que la disparue de La Baule a été enlevée le 29 octobre, celle de Brest le 19 novembre, et celle de Lorient le 21 novembre. Il faudrait voir si un bateau ne se serait pas arrêté dans ces ports, ces jours-là !

— Oui. C'est une piste. Si un bateau correspond à cet emploi du temps, il n'y aura plus qu'à regarder l'équipage, et voir qui avait l'opportunité de commettre ces meurtres.

— Je m'occupe de ce point.

— Ok, merci.

Un marin aurait assez de force pour maîtriser les victimes. Et avec leurs nombreux déplacements, ils vont de ville en ville. Et notre marin-meurtrier a pris au pied de la lettre l'expression : avoir une fille dans chaque port. Il a une fille au fond de chaque port.

Enora s'en va. Elle a vidé toute mon énergie. Je maintiens que vivre au quotidien avec elle doit être exténuant. Rien qu'une journée de boulot m'a tué.

À 18 heures, j'ai passé tous mes coups de fil. Je n'ai plus qu'à attendre qu'on m'appelle pour me donner la liste des bateaux passés dans les ports aux dates données, avec leur équipage, et nous ferons un recoupement pour voir si un marin sort du lot. J'y crois. On avance. On va le choper, ce salopard.

En attendant, je regarde dans la base de données des disparues s'il n'y en aurait pas une nouvelle. Et en effet, une récente disparition inquiétante attire mon attention. Il s'agit d'une jeune esthéticienne. Elle n'est pas rentrée chez elle hier soir après une soirée chez une amie. Son compagnon a signalé sa disparition. Quand je regarde la photo de la jeune femme, je suis convaincu que c'est notre tueur qui est derrière cette affaire. Encore une jolie brune aux yeux clairs.

J'envoie un message au lieutenant Quemener pour lui faire part de cette nouvelle victime de notre tueur des ports. En lui écrivant le mail, je me dis qu'il faudrait qu'on trouve un nom à notre meurtrier. Je note quelques idées sur un papier : le marin globophage ? Le globophobite ? Le fétichiste des yeux ? Le massacreur au couteau *Gerber* ?

Pfffff, c'est nul. Je froisse ma feuille et la lance direct dans la poubelle. Panier.

C'est à ce moment précis que le commissaire arrive. Pour moi et mon attitude de je-m'en-foutiste, vie de merde. Je me redresse sur ma chaise et tente de prendre la position la plus professionnelle possible.

— Commissaire ?

— Lieutenant, vous êtes dessaisi de l'enquête sur la disparition d'Audrey Tanguy. L'affaire a pris une ampleur trop importante. La Crim' reprend le dossier.

— Mais on avait bien avancé ! m'exclamé-je.

Il pose sur mon bureau une chemise.

— Vous récupérez l'affaire sur les cambriolages dans le centre-ville.

Putain, c'est toujours pareil. Dès qu'on bosse sur un cas intéressant, il faut qu'on nous le retire. Eh merde ! Enora va être dégoûtée. Elle était hyper investie sur le sujet.

De dépit, je lève le camp. J'enfile ma veste et rentre chez moi. Je suis HS. Je vais pioncer de bonne heure.

Demain est un autre jour…

14.

Thierry
La Rochelle, 27 novembre

Encore une longue journée qui s'offre à moi. Hier soir, j'ai trouvé ma prochaine victime. Louise. Elle est grande, élancée, radieuse, sublime. Elle est éblouissante. Elle a des yeux magnifiques. Je ne rêve que d'une chose : m'y plonger et m'y perdre. Elle sera parfaite pour parfaire ma collection. Elle ressemble tellement à Amélia ! C'est tout son portrait. Cela me rappelle des souvenirs, de bons et heureux souvenirs. Je nous revois il y a vingt-cinq ans… On était tellement insouciants et heureux. Mais le bonheur est bien souvent éphémère. Il faut en profiter tant qu'on l'a.

Ce matin, le service de réveil m'a oublié et comme j'étais plongé dans un profond sommeil, à rêver de ma prochaine victime, j'ai continué à dormir. Je suis tiré des bras de Morphée par le room-service. En caleçon long et complétement ébouriffé, je vais lui ouvrir.

Sur le plateau, il y a tout ce que j'avais commandé, un petit déjeuner royal et la presse quotidienne. Mais les gros titres sur la première page de *Sud-Ouest* vont définitivement me sortir de mon sommeil et me couper l'appétit :

« Tueur en série : les corps de trois jeunes femmes retrouvés à Brest, Lorient et La Baule »

Une photo illustre l'article avec deux lieutenants de police de trois quarts, un homme et une femme. L'image n'est pas très nette. La légende indique : les lieutenants Quemener et Le Meur ont découvert les corps en début de semaine. Je lis la suite avec le palpitant qui pique un sprint. J'ai l'impression que le sol se dérobe sous mes pieds.

Merde, merde, merde. Ils ont découvert les autres. Ils ne vont pas tarder à toutes les retrouver. L'article mentionne un tueur en série de sang-froid qui s'attaque aux jeunes filles brunes aux yeux clairs.

Ce n'est pas « aux yeux clairs » : elles ont les yeux bleus, des yeux bleu azur ! Ils n'ont rien compris. Ce ne sont pas n'importe quelles jeunes femmes. Elles sont spéciales mais surtout, elles ont joué avec le feu et c'est à cause de ça qu'elles se sont brûlé les ailes, mes anges brunes aux yeux indigo.

Le journaliste conseille aux jeunes femmes répondant à ces critères de faire attention et d'éviter de sortir seules le soir. S'ils croient que cela va m'arrêter…

Je regarde si un portrait-robot de moi a été fait. A priori, non. J'ai été prudent, je doute que quelqu'un puisse m'identifier. En revanche, le papier mentionne la camionnette blanche. Il va falloir que je m'en débarrasse au plus vite.

J'allume la télévision pour voir jusqu'où est allée l'onde de choc. Et c'est ce que je craignais : l'information tourne en boucle, tous les journaux télévisés l'ont reprise. Je sens la colère monter en moi. Merde ! Je tape violemment du poing sur le bureau et envoie valser tout ce qui s'y trouve. Ces lieutenants vont me le payer ! J'étais si près de la perfection, si près du but.

Je ne peux plus agir comme je le faisais. Je vais devoir changer ma façon d'opérer et être extrêmement prudent à l'avenir, encore plus que je ne l'étais. Mais avant toute chose, il va falloir que je m'occupe du *Berlingo*.

Je me prépare rapidement et descends en trombe les

escaliers, en essayant de ne pas me faire remarquer. Une fois sur le parking, je regarde à droite et à gauche pour vérifier qu'il n'y a personne. Le soleil commence à percer, il ne faudrait pas que quelqu'un m'aperçoive à proximité de la camionnette. Par chance, à cette heure, le parking est désert. Ma casquette vissée sur la tête et mes lunettes de soleil sur le nez, je remonte le col de ma veste pour dissimuler mon visage et me glisse aussi discrètement que possible dans la fourgonnette. Il va falloir que je la mette à l'abri des regards indiscrets.

Je me dirige vers le port des Minimes. Rien de plus normal et discret qu'une voiture parmi d'autres voitures. Je la gare sur le parking avenue du Lazaret, entre deux camping-cars étrangers. Personne ne la remarquera. Il n'y a pas foule à cette heure. J'enlève tout ce qui pourrait m'incriminer et efface toute trace de ma présence. Il ne devrait pas y avoir grand-chose, car à chaque fois, je portais des gants et le sol était recouvert d'une bâche qui finissait au fond de l'eau avec les filles. Mais deux précautions valent mieux qu'une. J'arrache la plaque d'immatriculation arrière et la remplace rapidement par une plaque volée à Vannes sur une *Clio*. D'ici à ce que les policiers fassent le lien, je serai loin.

Si je peux, je reviendrai de nuit pour faire définitivement disparaître le véhicule. Il se retrouvera au fond du port comme devrait l'être Louise. Mais maintenant, il faut que je me trouve un autre moyen de locomotion. J'attrape le bus et m'arrête à la première agence de location de voitures. J'en choisis une discrète et commune : une *Citroën C3* blanche, et retourne à l'hôtel préparer ma vengeance.

Sur le trajet, je reçois un appel de mon frère cadet, visiblement un peu stressé.

— Oui ?

— Thierry, tu penses arriver quand à Marseille ?

— Je ne sais pas trop, demain matin. Tu as besoin

que je vienne plus tôt ?

— Non, non, c'est bien. J'appréhende un peu la rencontre avec les régionaux. Je voulais être sûr que tu sois bien à l'heure vendredi, au *Cultura.*

— T'inquiète pas, est-ce qu'une fois j'ai fait faux bond à mon petit frère ?

— Jamais.

— Tu vois… Je suis désolé, je dois te laisser, j'ai une course à faire. On se voit demain !

— Bonne journée, Titi.

— À toi aussi, JP.

Une fois seul, j'essaie de remettre mes idées en ordre. Il faut que je détourne l'attention des policiers qui me traquent, tout en étant extrêmement prudent. L'article mentionne deux lieutenants. Le lieutenant Quemener est basé sur Brest. On va voir comment va réagir la jeune fliquette à mon appel.

Je mets mon téléphone à carte en mode masqué et compose le numéro du poste de police de Brest. Je mets le transformateur de voix près du combiné.

— Commissariat de Brest, bonjour.

— Bonjour, je voudrais parler au lieutenant Quemener.

— À quel sujet ?

— Au sujet du corps retrouvé dans le port.

— Et vous êtes ?

— Un témoin. Grégory De Maison

Je patiente quelques instants avant d'être mis en relation avec ma souris.

— Lieutenant Quemener, je vous écoute ? dit une jolie voix dynamique.

— Lieutenant, je suis celui que vous cherchez et sachez que je n'ai pas du tout apprécié que vous déterriez, enfin, sortiez de l'eau mes victimes.

— C'est mon travail. Et après les victimes, c'est vous

que je vais trouver, dit-elle calmement, sûre d'elle.

On va bien voir si tu restes aussi calme après avoir entendu la suite, ma cocotte.

— J'en doute. Mais vous m'avez contrarié. Sachez donc que pour cela, vous allez être punie.

— Comment ça ?

Et pour laisser la fliquette sur sa faim et en proie au doute, je raccroche le téléphone sans sommation.

Une bonne chose de faite. Maintenant que j'ai allumé le feu, il va falloir l'entretenir.

Place à l'action !

15.

Enora
Brest, 27 novembre

Ce matin, je traîne les pieds pour aller au commissariat. Le moral est au plus bas : Delphine ne me parle plus et surtout, on m'a retiré l'enquête avant que je ne puisse identifier mon tueur. Alors que je le sais, je le sens, j'y serais arrivée. Il est tout près. Je suis à un cheveu de le démasquer.

De toute façon, même si officiellement je ne suis plus sur l'affaire, je ne vais pas m'arrêter là. Je vais continuer d'enquêter jusqu'à ce que ce malade soit sous les verrous !

Arrivée au poste, je rassemble tous les éléments du dossier. Je retire du tableau les photos et range tout dans une pochette. Il n'y a plus qu'à attendre le capitaine Berthelot pour lui transmettre toutes les informations.

Pour patienter, je vais regarder dans la base de données s'il n'y a pas une nouvelle disparition, et jackpot. Une jeune femme a disparu mardi soir à Vannes. Une brune, aux yeux bleus. Comme toutes les autres. C'est lui. Il continue de frapper. Je bous. Je n'ai qu'une envie : me rendre sur place. Mais tant que je n'ai pas vu le capitaine Berthelot, je ne peux rien faire. Simon, lui, peut. Je compose son numéro, mais n'ai pas le temps de terminer : le commissaire arrive à mon bureau avec un homme en costume. Le capitaine Berhelot, j'imagine.

— Lieutenant Quemener, je vous présente le capitaine Berthelot de la Crim', qui reprend l'enquête sur le tueur des jeunes femmes brunes aux yeux bleus.

— Enchanté, me dit-il, le sourire Ultra-Bright activé.

— Bonjour, maugrée-je.

Je ne ferai aucun effort. Rien qu'à voir ce type, je devine qu'il se croit au-dessus de tout. Ce n'est pas parce que je ne suis qu'un simple lieutenant dans un commissariat de quartier perdu au fin fond du Finistère que je ne suis pas aussi compétente que lui. Je hais viscéralement ce type d'hommes prétentieux. Je sens qu'on ne va pas être copains.

Toute la matinée, je lui présente l'affaire et les avancées qu'on avait faites avec le lieutenant Le Meur. Je lui remets tous les documents. Je reste courtoise mais le cœur n'y est pas.

À midi, le capitaine, un trentenaire imbu de lui-même et probablement issu d'une famille bourgeoise, se pensant irrésistible, ose même me proposer un déjeuner, comme s'il me faisait une immense faveur en me conviant à sa table. Non, mais je rêve ! Je n'ai aucune envie de partager mon repas avec cette caricature de jeune homme du 16e avec son écharpe sur les épaules et sa houppette brune. Il faudrait me payer très cher.

Je refuse poliment. Il s'agirait de ne pas heurter la sensibilité du capitaine ayant en charge la suite de mon enquête.

Une fois seule à mon bureau, je m'apprête à téléphoner à Simon quand je reçois un appel d'un témoin. Les affaires reprennent. Je vais peut-être pouvoir avancer en sous-marin sur le dossier.

Mais le moins que l'on puisse dire, c'est que cet appel ne va pas du tout répondre à mes attentes. Dès les premières secondes, je me rends compte que mon interlocuteur n'est pas celui qu'il prétend. Je sens l'adrénaline monter en moi. Je suis en ligne avec le tueur en série. J'essaie de faire comprendre la situation à mon voisin de bureau par une gestuelle tout à fait explicite, mais mon collègue semble plus intéressé par la nouvelle recrue. Tant pis pour le traçage de l'appel. Puis, quand je pense ma tachycardie à son apogée, c'est le coup de grâce. Le meurtrier réussit à me glacer le sang en une phrase. Ce malade me menace et me raccroche au nez. Quel connard ! S'il croit me faire peur, il se trompe. Enfin, sa voix était flippante, son intonation terrifiante et ses propos menaçants. En fait, il a réussi à me déstabiliser. Après avoir raccroché, je reste quelques secondes sous le choc. Il sait qui je suis, où je travaille et probablement où je vis. Dois-je parler de cet appel? Oui. S'il m'arrive quelque chose, il vaut mieux prévenir quelqu'un.

J'appelle Simon.

— Lieutenant Le Meur.

— Simon, c'est Enora.

— Ça va bien ?

— Heu, justement, je ne sais pas trop. Je viens d'avoir un appel du tueur…

— Quoi ?!

— Oui, notre tueur en série. Le psychopathe. Il n'apprécie pas qu'on fourre notre nez dans ses affaires. Il m'a menacée…

— Faut que tu en parles à ton commissaire, qu'il te place sous protection.

— Je ne sais pas. Peut-être était-ce juste pour me faire peur, pour détourner mon attention de lui ? Je ne suis clairement pas sa cible.

— Non, mais il n'est pas rare que des tueurs en série s'en prennent aux personnes qui se mettent entre eux et leur objectif.

— Mouais. On m'a retiré l'affaire, donc je ne suis plus un danger pour lui. D'ailleurs à ce sujet, j'ai vu le capitaine Berthelot de la Crim', ce matin. Un gros con.

— Du coup, tu lâches l'affaire ?

— Officiellement, oui.

— Officieusement, non ?

— Exact. Il y a une nouvelle disparue. Ça te dit, une virée à Vannes cet aprèm ?

— Ok.

— Super, je passe te chercher d'ici une heure trente.

Sans prévenir personne, j'attrape mon blouson et sors discrètement du commissariat.

Quand j'arrive à Lorient, Simon est dehors à fumer une cigarette. Argh, s'il y a une chose que je n'aime pas, ce sont les fumeurs. J'espère que son odeur ne va pas empuantir ma voiture pour les quarante-cinq minutes de trajet qu'il nous reste.

Simon est toujours habillé de manière très casual et aujourd'hui, il a mis un pantalon beige slim avec plein de gueules de bergers allemands dessus, ultra kitsch. Et une chemise froissée et légèrement déboutonnée dans le haut. Son style vestimentaire est une énigme pour moi. Il s'est laissé pousser une barbe de trois jours. Ça le vieillit un peu. Il me fait la bise et s'assoit sur le siège passager. Je sens son parfum, un parfum enivrant. Et de manière incontrôlable, un frisson me parcourt le corps. Heu, Eno, il s'agirait de ne pas craquer sur un flic. Je te rappelle que c'est ta règle de base : ne jamais sortir avec un collègue. Mais je ne sais pas pourquoi, là, assis à côté de moi, je le vois différemment. Son sourire coquin, ses yeux noisette pétillants, sa façon de passer la main dans son épaisse tignasse ébène, son tatouage sur l'avant-bras… Ce côté bad-boy au grand cœur. Sa gentillesse. Son côté maladroit. Sa voix.

Stop, stop, stop, Enora ! On se concentre. On traque un tueur en série. Pas le temps pour batifoler. Tu te dois d'avoir les idées claires. Ton esprit ne doit pas être parasité par des pensées incongrues.

À Vannes, nous nous arrêtons au domicile de la dernière victime. Etant donné qu'elle a disparu depuis deux jours, je doute qu'elle soit toujours en vie ; en revanche, quelque chose chez elle pourrait nous mener au tueur.

Nous sonnons à la porte de son appartement en espérant que quelqu'un y soit. Un jeune homme, le visage sombre et les traits tirés, nous ouvre. On dirait qu'il n'a pas dormi depuis dix jours. J'imagine que c'est le petit copain.

— Bonjour, lieutenant Le Meur et lieutenant Quemeneur, dis-je d'une voix claire et forte, en montrant ma carte de police : mon sésame pour entrer partout.

— Bonjour, répond-il mollement.

— Dans le cadre de la disparition de Marie Marcireau, pouvons-nous voir l'appartement ?

— Je ne comprends pas, d'autres inspecteurs sont déjà venus.

— Nous voudrions faire le tour une nouvelle fois pour tenter d'identifier un lien entre les disparues. Pouvons-nous entrer ?

— Allez-y, dit-il résigné.

Il s'écarte de l'entrebâillement de la porte pour nous laisser passer.

Simon et moi fouinons de pièce en pièce à la recherche de quelque chose qui nous sauterait aux yeux. Mais rien à première vue. C'est quand nous sommes sur le point de partir, que j'aperçois sur la table de chevet de la disparue un livre. Le même roman que chez Audrey. C'est une drôle de coïncidence. Je l'ouvre et le feuillette. Sur la première page, il y a une dédicace de l'auteur. J'ai peut-être trouvé le lien entre les victimes : ce roman.

— Excusez-moi, cela vous dérange si on prend ce livre avec nous ?

— Non, non, allez-y, si cela peut vous aider à retrouver Marie.

En sortant de l'appartement, je fais part à Simon de ma trouvaille, de ma nouvelle piste. Il faut que je confirme que toutes les victimes possédaient bien cet ouvrage. Mais si c'est le cas, l'étau autour du meurtrier vient de se resserrer de manière considérable. Je jubile intérieurement. Le tueur est en sursis.

À Lorient, nous nous arrêtons chez les parents d'Audrey pour qu'ils puissent nous remontrer l'appartement de leur fille.

Le roman est toujours sur la table du salon. Le même. Je l'ouvre fébrilement. Je prie pour qu'il ait une dédicace. Et c'est bien le cas. La même écriture, un message similaire, la même signature. Deux des victimes ont fait dédicacer leur livre par le même auteur. C'est troublant. Trop pour que ce soit une simple coïncidence.

Je raccompagne Simon à son commissariat. Au moment de nous dire au revoir, un léger malaise s'installe. Je ne sais pas pourquoi. Plus je passe de temps avec lui, plus je m'attache à lui. Je crois qu'il me plaît. Il me fait la bise en mettant sa main sur mon bras. Je sens tous les poils de mes bras se hérisser. J'ai du mal à partir. Mais il faut rester professionnelle. Je ne peux pas, et ne dois pas craquer pour lui. Ce n'est pas le moment.

Pendant tout le trajet, l'image de Simon pollue mes pensées.

Quand j'arrive à Brest, il est déjà plus de 20 heures. Je décide de passer au domicile de Sophie. Mathieu, son ami, m'ouvre la porte au bout de six sonneries. Il fait peine à voir. J'ai l'impression qu'il porte les mêmes vêtements que la dernière fois que je l'ai vu. Et mes soupçons sont confirmés quand ses effluves corporels viennent chatouiller mon nez. Je crois qu'il n'a pas pris de douche depuis l'annonce de la mort de Sophie. Il semble vraiment malheureux. Je n'imagine pas ce que ce doit être, de perdre la personne de sa vie.

— Bonsoir, Mathieu. Je vous présente mes

condoléances. Excusez-moi de vous déranger à cette heure, mais nous avons une piste concernant la personne qui a tué votre amie. Puis-je entrer ?

Sans un mot, il s'écarte.

— Est-ce que Sophie lisait ce livre ? dis-je en lui montrant celui de Marie.

— Oui. Attendez.

Mathieu s'éclipse quelques instants, me laissant seule, dans le salon devenu un vrai dépotoir en quelques jours. J'ai l'impression que le jeune homme ne sort plus de l'appartement et qu'il vit dans le salon. Peut-être est-ce trop douloureux de dormir dans le lit qu'il a partagé avec Sophie ?

Mathieu me remet l'exemplaire de Sophie. En tout point identique aux deux autres. Je l'ouvre et y découvre la dédicace :

> « *À la jolie Sophie au sourire d'ange, j'espère que ce livre comblera toutes vos attentes. Tendrement, AO* »

La même écriture, le même type de dédicace, la même signature et toujours un message personnel et très (trop ?) amical.

Ce n'est clairement plus une coïncidence. J'envoie un SMS à Simon pour lui confirmer que nous sommes sur la bonne piste. Je suis euphorique. Ce n'est plus qu'une question de temps avant qu'on arrête ce salopard.

Je passe au commissariat et laisse un mot au commissaire pour l'avertir de l'appel du tueur, et l'informer de la nouvelle piste sur le meurtre de la nièce de sa femme : le roman.

Il est tard. Je rentre chez moi. À l'appartement, tout est calme. Delphine doit avoir déjà rejoint les bras de

Morphée. Je me réchauffe un plat cuisiné, que j'avale en deux temps trois mouvements, et file me coucher avec le livre de Marie. Je m'installe confortablement dans mon lit en mettant deux gros oreillers dans mon dos, et commence à lire le roman. Peut-être qu'il y a dedans quelque chose qui va me mener au tueur, un élément, un indice. Je ne sais pas quoi exactement, mais j'y crois. Je le sens, cet ouvrage est la clef de cette affaire.

Après une heure de lecture de ce polar très prenant et stressant, la fatigue se fait sentir. Extinction des feux. Je peine à trouver le sommeil : l'appel du tueur et la nouvelle piste y contribuent pour beaucoup. Peut-être que la lecture du thriller avec un tueur psychopathe joue également.

Au moment où je me sens m'endormir, je suis réveillée en sursaut. Un craquement. Mon cœur s'emballe.

— Delphine, c'est toi ? crié-je d'une voix forte et assurée.

Pas de réponse. Je tente un appel plus général.

— Il y a quelqu'un ?

Toujours pas de réponse. En même temps, si on avait répondu, je ne suis pas sûre que mon cœur aurait tenu le choc.

Je ne suis plus rassurée du tout.

Il y a quelqu'un dans l'appartement !? Je ne bouge plus. Je ne respire plus. Je me concentre. Je tends l'oreille. J'essaie de découvrir d'où est venu le bruit, s'il va se répéter. Toujours immobile. Comme ça, s'il y a vraiment quelqu'un chez moi, il saura où me trouver : dans mon lit ! J'ai peur de signaler ma présence en me déplaçant. Si je pouvais, je me glisserais dessous mais je suis tétanisée. Incapable de bouger. À attendre. Enora, tu es flic ! Tu es censée être forte et savoir te défendre. Tu ne dois pas te comporter comme une trouillarde, attendant sans agir qu'on vienne lui faire du mal... Si mes collègues me voyaient, je serais la risée du service. Mais je n'arrive pas à prendre sur moi. Je suis figée.

Je n'entends plus de bruit. Ce n'était probablement rien. Les maisons craquent, c'est bien connu. J'ai beau être consciente que je panique inutilement, mon palpitant atteint des sommets. Je prends de profondes inspirations afin de ralentir mon rythme cardiaque. Il faut bien cinq minutes pour réussir à me calmer définitivement. Plus de peur que de mal, comme d'habitude. Par contre, je me rends compte que si jamais quelqu'un pénétrait réellement chez moi un jour, je ne donnerais pas cher de ma peau

Tout ça aussi, c'est la faute du tueur. Il a réussi à me faire peur. Et c'était une drôle d'idée de commencer ce thriller avant de me coucher.

Puis, d'un coup, je me redresse en sursaut. Delphine ! Ce n'est pas normal qu'elle ne m'ait pas répondu, qu'elle n'ait pas donné signe de vie. La connaissant, si je l'avais réveillée au beau milieu de la nuit, j'aurais eu droit à un « *Putain, il est tard. Je dormais. Merci !* ». J'allume la lumière et me précipite devant sa chambre. Je mets mon oreille contre la porte. Rien. Pas de bruit. Je frappe. Pas de réponse. J'appuie sur la poignée et ouvre la porte. Son lit n'est pas défait. Elle n'est pas là. Elle n'est pas rentrée ! Delphine est brune aux yeux bleus. La cible de mon tueur.

Non, non, non, ce n'est pas possible, il ne s'en est pas pris à elle !

Je suis fébrile, j'ai l'impression que mon cœur va sortir de sa poitrine et en même temps, j'ai envie de vomir. Enora, ressaisis-toi. Elle est peut-être partie dormir chez une amie ou chez son nouveau mec. Oui, ça doit être ça. D'habitude, elle me prévient mais là, comme on est en froid, elle ne m'a rien dit. J'attrape mon téléphone et l'appelle. Trois, quatre, cinq sonneries, allez

Delphine, décroche ! Répondeur. Je retente. Mais toujours pas de réponse. Je lui laisse un message.

— Delphine, un tueur qui s'en prend aux jeunes femmes brunes aux yeux bleus m'a menacée aujourd'hui. J'ai peur qu'il s'attaque à toi. Rappelle-moi pour me dire que tout va bien. Merci.

Je suis vraiment inquiète. J'appelle sa sœur. Au bout de cinq tonalités, elle finit par décrocher.

— Moui, dit-une voix somnolente.

— Elsa, c'est Enora, excuse-moi de te déranger aussi tard ; mais tu sais où est ta sœur ?

— Non, elle n'est pas à l'appart ?

— Non, je m'inquiète. Elle ne répond pas au téléphone. Est-ce que tu aurais une idée d'où elle pourrait être ?

— Bah, non. Chez un mec ?

Effectivement, c'est le plus plausible. Mais il faut que j'en sois sûre.

— Dis, est-ce que tu pourrais essayer de la joindre ? Comme on est un peu en froid, j'ai peur qu'elle me filtre. Ça me rassurerait…

— Ok.

— Merci. Tu me tiens au courant ?

— Pas de problème.

Je ne dis rien volontairement à Elsa sur le tueur en série, je ne veux pas l'inquiéter inutilement.

Il est une heure du matin. Je n'ose pas réveiller la terre entière pour rien, mais en même temps, si notre « *Hannibal lecteur* » a kidnappé ma colocataire, il ne reste que peu de temps avant qu'il n'en finisse avec elle.

J'appelle sa meilleure amie qui, comme Elsa, était plongée dans un profond sommeil. Elle non plus n'a pas d'idée de l'endroit où elle pourrait être, à part avec un mec. Mais comme Delphine change de mec comme de soutif, difficile de savoir où elle se trouve.

Je tremble de partout. Je suis à deux doigts d'alerter mes collègues pour boucler le quartier. Je crains le pire. Je sens les larmes me monter aux yeux. S'il arrive quelque chose à Delphine par ma faute, je ne me le pardonnerai jamais.

Seule dans mon appartement, attendant un coup de fil qui ne vient pas, je ne sais pas pourquoi, mais j'appelle Simon.

— Allô, répond-il avec une voix caverneuse.

— Simon, je suis désolée de te réveiller.

— Tout va bien ? dit-il soudain avec inquiétude.

— Je ne sais pas. Ma coloc a disparu. J'ai peur que ce soit notre tueur.

— Tu as appelé ses amis ?

— Oui, personne ne sait où elle est. J'ai vraiment peur.

— Bouge pas, j'arrive.

— Mais non, tu ne vas pas faire la route à cette heure-ci.

— Si. Et toi, tu vas regarder dans ses affaires si tu ne trouves rien d'anormal et appeler toutes les personnes chez qui elle aurait pu passer la nuit.

— Ok. Merci, Simon.

Cet échange m'a rassurée. Il ne faut pas pleurer avant d'avoir mal. Je vais dans la chambre de Delphine. J'allume son ordinateur et cherche dans ses mails et messages *Facebook* des informations.

Elle chate avec beaucoup d'hommes, et pas des vilains, je la reconnais bien là. Je leur envoie à chacun un message en leur disant que je suis sa colocataire et leur demande si Delphine n'est pas avec eux.

À 2 heures du matin, je n'ai toujours pas de nouvelles. Je me ronge les sangs et suis sur le point d'appeler le commissariat, quand mon téléphone sonne, me faisant sursauter. Je suis fébrile. C'est le nom de

Delphine qui s'affiche. Faites que ce ne soit pas le tueur qui m'appelle pour se vanter de l'avoir tuée.

Je prends une longue et profonde inspiration, puis décroche, flageolante, et tremblant de tout mon corps.

— Allô, dis-je d'une voix peu assurée et qui chevrote.

— Enora, c'est Delphine. J'ai eu ton message, ça va ?

Delphine. Ouf ! La pression retombe d'un coup, mais pas mon rythme cardiaque qui continue de se déchaîner comme si je venais de courir le 400 mètres… J'inspire et expire pour tenter de me calmer complétement.

— Delphine ? Tout va bien ?

— Bah oui, pourquoi ? Je suis chez Laurent, un collègue.

— Tu ne peux pas savoir à quel point je suis contente d'entendre ta voix ! J'ai cru que quelqu'un t'avait fait du mal.

— Tout va bien, ne t'inquiète pas.

— Dis, juste pour être sûre, ton Laurent, il n'a pas dans les quarante ou cinquante ans, et il n'a pas des cheveux gris ?

— Heu, non.

En même temps, ça m'aurait étonnée. Delphine ne sort qu'avec de jeunes mecs canons.

— Merci d'avoir rappelé. Bonne nuit.

— Pas de souci. Bonne nuit. À demain !

Putain, quel stress ! Quel soulagement qu'elle n'ait rien ! Qu'elle soit saine et sauve. Je respire à nouveau. Ce psychopathe est entré dans ma tête et a tout fait pour me faire peur. Sûrement pour me distraire. Il doit sentir qu'on se rapproche. Il essaie de détourner notre attention.

Je suis sur le point de retourner me coucher, quand on sonne à la porte. L'espace de quelques secondes, je reste figée sur place. Mon cœur s'emballe de nouveau. Qui peut bien s'amener à 2 heures 30 ? Qui, à part à un tueur de sang-froid ? Puis, remettant mes idées en ordre, je réalise que ce n'est pas un psychopathe qui se trouve derrière la porte. Simon, c'est Simon ! Décidément, mon cœur est soumis à rude épreuve, ce soir…

Je me précipite pour aller ouvrir, en vérifiant tout de même dans le judas. C'est bien Simon, tout échevelé. Je tourne le verrou et la clef, deux précautions valant mieux qu'une.

Simon est vêtu d'un sweat à capuche rouge *Adidas*, d'un tee-shirt noir d'une marque que je ne connais pas et de Converses rouges avec un jean troué. Je ne pensais pas qu'il pouvait être habillé encore plus sport qu'au boulot. Eh ben si. Il a le look d'un adolescent.

Voir ce visage familier et amical me fait plaisir.

— Bonsoir, Simon.

— Bonsoir, Enora, répond-il en me prenant dans ses bras.

Ce qui a pour effet de me laisser pantoise. Sentir son corps contre le mien, son parfum, me fait un bien fou. J'aimerais que cet instant dure éternellement. Mais toute bonne chose ayant une fin, notre étreinte se termine au bout de quelques secondes. Je mets un instant avant d'ouvrir la bouche, voulant profiter au maximum de ce moment.

— Je t'ai fait venir pour rien, on a retrouvé Delphine. Chez un mec. Je suis désolée, finis-je par déclarer.

— Je ne suis pas venu pour rien. Notre tueur t'a menacée, il n'est pas exclu qu'il s'en prenne à toi. Je vais rester ici, dit-il en pénétrant dans l'appartement.

Je vois que je n'ai pas le choix et qu'il a décidé de prendre les choses en main.

Une fois qu'il est dans le salon, je réalise que je suis peu vêtue. J'ai toujours sur moi ma tenue de nuit : un débardeur et un shorty. Je sens mes joues s'enflammer. Par réflexe, je croise les mains pour tenter de cacher un tant soit peu mon corps dénudé.

— Heu, je reviens, je vais mettre quelque chose d'un peu plus habillé, dis-je en m'éclipsant.

— Dommage, je trouvais cette tenue plutôt sympathique ! crie-t-il du salon.

Dans ma chambre, j'enfile un jean et un pull. La présence de Simon dans l'appartement me trouble. Depuis que je suis ici, je n'ai jamais fait venir un homme, pour la nuit, j'entends. Quand je passe devant la psyché de ma chambre, je vérifie que je suis présentable. Mais malheureusement, je suis loin d'être au top. Je regrette de ne pas m'être remaquillée. En même temps, ça aurait été un peu bizarre que je dorme maquillée … Je secoue mes cheveux pour leur faire prendre un peu de volume. C'est toujours mieux que rien, et je retourne dans le salon rejoindre Simon, qui m'attend assis sur le canapé.

— Pour cette nuit, je peux te proposer la chambre de Delphine ou le divan du salon ?

— Le divan sera très bien.

— Ok, ne bouge pas, je vais te chercher un oreiller et un duvet.

Plus je sens le regard de Simon sur moi, plus je suis déstabilisée. Je lui prépare un coin de nuit de fortune.

— Bon, ben, bonne nuit, dis-je gênée.

— Bonne nuit, répond-il en m'embrassant tendrement sur la joue.

Encore un frisson.

Je retourne me coucher, légèrement perturbée par cette cohabitation d'une nuit.

Je ne réussis pas à trouver le sommeil rapidement. Je pense au meurtrier. Ce tueur en série énigmatique, sorte de Georges Clooney de contrefaçon, qui tue de jeunes et jolies brunes au regard océan. Je repense à sa menace. Sa voix, son intonation. Cette agressivité, sa colère qu'il tentait de contenir. Je l'imagine. J'essaie de le comprendre. De découvrir son but, ce qui le pousse à tuer. Il y a forcément une raison. Pourquoi tuer ces filles physiquement semblables ? Pourquoi en tuer une dans chaque ville ? Comment et où les choisit-il ? Pourquoi leur prendre les yeux? Pourquoi treize coups de couteau ? Quel lien le tueur a-t-il avec ce livre ? Pourquoi m'a-t-il appelée ? Va-t-il réellement mettre sa menace à exécution ? Toutes ces questions tournent en boucle dans ma tête et aucune n'a de réponse.

Puis, pour m'apaiser, je repense au lieutenant Le Meur qui dort dans la pièce voisine. Simon, cet homme charmant au regard pénétrant et pétillant, à l'air coquin et malin, à la frimousse juvénile et l'air débraillé, ce gentil garçon au look de bad-boy qui semble parfois dans la lune. Je le trouve de plus en plus attirant, de plus en plus séduisant. Il me fait rire, je me sens en sécurité quand il est avec moi et surtout, je pense à lui tout le temps. Son image, son sourire ont envahi mon esprit. Quand il est près de moi, je me sens fébrile. J'ai l'impression d'avoir quatorze ans à nouveau, une jeune fille amoureuse et naïve. Je n'ai pas ressenti ça depuis Grégory. Mais il ne faut pas que je m'emballe, cela ne s'est pas très bien terminé avec Greg, et je ne veux pas reproduire les mêmes schémas.

Je finis par me laisser aller, m'endors et rêve à une jolie idylle.

16.

Simon & Enora
Brest, 28 novembre

Je ne regrette pas d'avoir fait cent quarante kilomètres la nuit dernière.

Enora semblait vraiment inquiète. J'ai eu un peu peur pour elle. Ce psychopathe qui la menace… Dieu seul sait si cette menace est réelle ou non. Dans le doute, je préfère être avec elle. À deux, nous serons plus forts : l'union fait la force. Et puis, je ne sais pas, je ne pouvais pas la laisser seule avec cette épée de Damoclès au-dessus de la tête. Je me sens un peu responsable d'elle, de sa sécurité et j'avais besoin de la voir, d'être avec elle. Même si elle se targue d'être une femme énergique qui n'a besoin de personne, j'ai bien vu qu'elle était contente que j'aie fait le déplacement.

Et puis, rien que pour l'accueil très court vêtu, je ne regrette pas le déplacement. Dommage qu'elle soit allée se rhabiller aussi promptement. Elle a beau ne pas être grande, c'est une brune filiforme aux yeux bleus, et je la trouve plutôt charmante. Elle est nature, pétillante, à la fois forte et fragile, elle a surtout les pieds sur terre ; ça m'a tout l'air d'être une fille bien, quoique parfois assez agressive et directive. Elle a du caractère et j'aime ça. Et puis finalement, les petites châtaines aux yeux verts avec des formes, c'est sympa aussi.

Son visage angélique, son sourire ont hanté mes rêves, cette nuit. Plus je la vois, plus je la trouve attachante, attirante. Après Mathilde, c'est peut-être la fille qu'il me faut.

Par contre, elle semble avoir une carapace, ce ne sera peut-être pas simple d'atteindre son cœur. En même temps, rien ne résiste à Simon « le brise-glace », je les fais toutes fondre; et cette belle reine des neiges ne dérogera pas à la règle.

Ce matin, je me suis réveillé tôt. En voulant gagner des points auprès d'Enora, je suis allé acheter des viennoiseries. J'espère qu'elle ne m'en voudra pas trop… Mais je ne sais pas pourquoi, j'ai un gros doute.

Je me réveille en sursaut. La porte d'entrée vient de claquer.

Il y a quelqu'un dans l'appartement ?! J'essaie d'attraper mon téléphone sur ma table de chevet, mais il n'est plus là. J'ai été cambriolée pendant mon sommeil ! Sans même prendre le temps de m'habiller, j'attrape mon *Taser* dans ma table de nuit (je m'endors mieux quand il est près de moi), et me précipite dans le salon pour vérifier qu'on ne m'a pas tout volé.

Je tombe face à un Simon hilare (probablement à cause de ma tête de déterrée), un sac en papier dans la main.

— Mon portable, il est où ? Il est quelle heure ? questionné-je mon hôte sur un ton agressif.

— Bonjour, également.

— Oui, bonjour et donc ?

— Sur la table du salon.10 heures.

— Quoi ? 10 heures ? Mais pourquoi tu ne m'as pas réveillée ?

— Tu dormais comme un bébé et avec la nuit agitée, j'ai pensé que ce serait mieux que tu récupères un peu.

— En prenant en otage mon téléphone qui me sert de réveil ? Et le boulot, tu y as pensé ?

— Oui. J'ai appelé nos commissaires respectifs pour

prévenir que nous prenions une journée de repos.

— Mais de quel droit ? Tu t'es pris pour ma mère ? On enquête sur un tueur en série qui peut encore frapper. Des vies sont en jeu ! On ne peut pas se reposer. On n'en a pas le droit.

— On n'est plus sur l'affaire, je te rappelle. Le capitaine Berthelot est sur le coup, il est parti à Marseille pour appréhender le suspect. Tout est sous contrôle. Il faut que tu débranches.

— Putain, mais c'est notre suspect ! C'était à nous de l'interroger.

— Enora, je comprends que tu sois en colère. Mais sérieusement, tu serais allée au travail en ayant dormi deux heures, tu crois que ça aurait été utile ?

— Peut-être pas. Mais ce n'était pas à toi d'en décider !

Je pars telle une furie m'enfermer dans la salle de bains pour prendre une bonne douche, histoire de me changer les idées. Putain ! Mais pour qui il se prend, merde ! Je suis assez grande pour décider moi-même de ce qui est bon pour moi… Je fulmine.

Sous un jet d'eau chaude, je repense à Simon, à ce qu'il a fait. Et puis, plus le temps passe, plus je réalise qu'il n'a agi que pour me protéger et prendre soin de moi. Ma colère redescend peu à peu. Fichu caractère, il faut toujours que j'aboie avant de réfléchir ! J'ai un gros travail à faire sur moi pour corriger cela. C'est un axe d'amélioration. Personne n'est parfait, loin de là.

Wouah, quand j'ai dit qu'elle avait du caractère, j'étais loin du compte. Quelle fougue, quel coffre, quel débit ! Quelle fille ! Je reste coi quelques secondes. Elle m'a mit KO en moins de temps qu'il n'en faut pour le dire. Immobile au milieu du salon, mon sac de viennoiseries toujours dans la main, j'entends l'eau couler.

Allez, Simon, tu viens de subir le courroux d'une féministe enragée. Tu vas te refaire. Tel le prince charmant que j'essaie d'être, je prépare le petit déjeuner. J'ouvre les tiroirs et placards de sa cuisine et farfouille pour trouver des bols, le thé, le sucre. Je sors le jus d'orange du frigo, je dispose les couverts et verres et je mets de l'eau dans la bouilloire. Tout est prêt. Il n'y a plus qu'à attendre la belle. Assis sur le canapé, je fixe la porte de la salle de bains en espérant la voir sortir.

Devant le miroir, une serviette nouée sur la tête et une autre autour de la taille, je me sens ridicule d'avoir houspillé Simon. Je me demande s'il est toujours là. Je crois que si j'avais subi une telle gueulante de bon matin, j'aurais pris mes cliques et mes claques sans autre forme de procès. Je suis nulle. Une folle furieuse. Qu'est-ce qu'il doit bien pouvoir penser de moi ? Il doit se demander si je ne suis pas bonne à enfermer. J'ai tellement honte que je n'ose pas sortir de la salle de bains. Non, mais quelle conne !

Après quelques minutes de réflexion (et pas que grâce au miroir), je prends conscience que je ne peux rester là éternellement. Mais quitte à sortir, autant limiter un maximum la tête de zombie. Je me badigeonne le visage de crème hydratante. Un peu de fond de teint. Et c'est tout, il faut rester naturelle et savoir ne pas trop en faire. J'enlève la serviette enroulée sur mes cheveux. Un petit brushing vite fait pour leur donner un peu de volume. Un coup d'œil dans le miroir. Verdict : ça passe. Je réalise ensuite que je n'ai avec moi que mon pseudo pyjama. J'ai donc le choix : soit je le remets, soit je sors comme ça. Après, je me pose peut-être des questions qui n'ont pas lieu d'être, Simon peut ne plus être là. Tant pis, je sors comme ça et s'il est encore dans le salon, je n'ai que deux mètres à faire pour atteindre ma chambre. Un, deux, trois…

Heu… Qu'est-ce qu'il vient de se passer ? Un ange rose fuchsia est apparu, puis a disparu presque aussi vite. Ai-je rêvé ? J'espère que non. Quelle jolie apparition !

Oh non, la honte, il est toujours là ! Il faut vraiment que j'apprenne à mettre des vêtements sur moi quand il est présent … Et pourquoi, lui, est-il toujours habillé ? Il y a un déséquilibre. Il m'a vue plusieurs fois à moitié nue et je n'ai pas vu le quart du dixième de son torse. Ce n'est pas juste ! C'est clairement inéquitable. Va falloir faire quelque chose pour qu'on soit sur un pied d'égalité.

Hop, j'enfile un jean pas très confortable mais qui m'affine et me fait de belles fesses, ainsi qu'un petit pull qui fait ressortir mes yeux, et met ma poitrine en valeur. Oui, j'ai trouvé un pull qui fait les deux. C'est même mon pull préféré. Rappelez-moi pourquoi je veux me faire belle, là, tout de suite, maintenant ? Ah oui, parce que le lieutenant Quemener au cœur de pierre craque sur le charmant lieutenant Le Meur… Qu'est-ce qui m'arrive ? Ce n'est tellement pas moi ! Je ne suis pas le genre de filles qui ont des coups de cœur. Je suis raisonnable. Je ne m'emballe pas. Mes copains sont souvent des amis de longue date, cela se fait naturellement au fil de l'eau. C'est rarement passionné. C'est raisonné. Mais force est de constater que Simon me trouble et occupe mon esprit en permanence. Penser à lui me fait sourire, le voir me fait sourire et je commence à ressentir des « papillons » dans le ventre. C'est incontestable : il me plaît.

Bon, maintenant, il va falloir que je sorte de ma chambre. Je n'ose plus, du coup. Peut-être que l'épisode en serviette de toilette lui a fait oublier mon accès de colère ? Je vais être vite fixée. La main sur la poignée, je prends une inspiration. En avant, Guingamp.

Une jeune femme en jean sort de la chambre. Où est

passé mon ange fuchsia ? Remplacé par une jeune femme ravissante, apparemment. Elle semble gênée. À moi de la mettre à l'aise.

— J'ai préparé le petit déjeuner.

— Merci, Simon.

Puis, après un silence où nous nous regardons intensément, Enora continue.

— Je tiens à m'excuser pour tout à l'heure. Je ne sais pas ce qui m'a pris.

— Ce n'est pas grave, tenté-je de la rassurer.

— Si, un peu. Je t'ai agressé verbalement. Cela n'excuse pas tout mais le stress, le manque de sommeil, l'enquête qui m'obsède… Tout ça me rend irritable. Bref, tu ne méritais pas du tout ce savon, pardon.

— Tu es toute pardonnée.

Assis tous les deux sur le canapé, un second ange passe. Mais celui-ci est beaucoup moins agréable que le précédent.

Je tente de détendre l'atmosphère. Enora semble mal à l'aise dès que je la regarde droit dans les yeux, elle rougit et baisse les yeux.

— Tout va bien ?

— Oui, oui, dit-elle doucement et sans grande conviction.

Allez, Enora. On combat sa timidité. On arrive à avoir une conversation censée avec le séduisant Simon, sinon, il va définitivement te prendre pour une cinglée. Je me sens nulle, ridicule.

Je perçois sa présence à ma gauche, et nos épaules, nos genoux se frôlent. Je frémis. Mon cœur s'emballe, j'ai chaud, les mains moites, une boule au ventre.

Je crois que j'ai compris ce qu'il me reste à faire pour mettre Enora à l'aise. Je me lance.

Alors que je repose mon bol de thé sur la table, Simon met sa main gauche sur mon visage, et un frisson me parcourt le corps. Ses yeux me transpercent. Je me sens nue. J'ai très envie qu'il m'embrasse. Il sourit. Puis, doucement, il s'approche de moi et pose délicatement ses lèvres sur les miennes. Nos langues entrent en contact. Feu d'artifice. Depuis le temps que j'en rêvais, que je l'imaginais… Finalement, Simon n'est pas un « mou du genou ». J'aime ce genre d'initiative. Il peut recommencer quand il veut. J'ai mon cœur qui bat la chamade.

Je l'ai un peu prise au dépourvu mais au vu de la tension sexuelle qu'il y avait entre nous, ce baiser était inéluctablc ct indispensable pour dissiper son malaise. Depuis ce matin, je ne pensais qu'à une chose: l'embrasser. Et ce premier échange est au-delà de mes espérances. Elle n'est finalement pas une reine des neiges. Elle semble un peu plus « caliente ». Notre baiser, au départ lent et en douceur, devient fougueux et passionné. Sa main s'aventure sous mon tee-shirt. Elle prend des initiatives et j'aime ça. Cette fille est vraiment surprenante.

Sentir sur moi ses baisers, son souffle, ses mains, je me sens fébrile. J'ai envie de lui. J'ai chaud, très chaud. Et je suis très avide de voir ce qu'il y a sous son tee-shirt. Les derniers jours ont été réellement éprouvants qu'un peu de réconfort ne peut pas faire de mal. Prise par mon élan, je lui enlève son tee-shirt. J'aime, j'aime, j'aime.

Ok, très bien. À mon tour. Je lui enlève son pull. La température monte encore d'un cran. Elle bascule en arrière sur le canapé. Au-dessus d'elle, mes lèvres viennent explorer son cou, mes mains s'aventurent sur sa poitrine. Puis déboutonnent son jean. J'ai très envie d'elle.

Je crois qu'on a franchi un point de non-retour. J'ai le souffle de plus en plus court, un cœur qui bat son record du nombre de pulsations à la minute, un corps en feu. Le corps de Simon sur le mien. Nos cœurs qui s'emballent. Je sens le désir monter, et pas que le désir. Simon attrape son portefeuille qui traîne sur le sol et en sort une capote. On y est.

17.

Capitaine Julien Berthelot
Marseille, 28 novembre

Suite aux éléments fournis par les lieutenants Le Meur et Quemener hier, j'ai pris l'avion à midi avec d'autres agents en direction de Marseille.

Malgré le fait qu'ils soient dessaisis de l'affaire, ces lieutenants continuent leurs recherches. Il faut vraiment qu'on les recadre, ces deux-là, avant qu'ils ne deviennent ingérables. Même si sur ce coup-là, je pense que grâce à leur excès de zèle, on tient peut-être quelque chose.

La piste de l'écrivain est plausible. Et au point où nous en sommes, il ne faut laisser tomber aucune piste. Le fait que chaque victime lisait ce livre et surtout qu'elles avaient toutes une dédicace de l'auteur est véritablement troublant. Ce ne peut pas être le fruit du hasard.

Nous arrivons à 13 heures 50 à l'aéroport de Marseille. Adam Olivier a une séance de dédicaces cet après-midi. Nous nous rendons au *Cultura.*

Nous entrons dans la boutique où une foule de personnes est déjà là pour faire signer son exemplaire de « *Derrière toi* », le dernier best-seller d'Adam Olivier. La file est presque exclusivement féminine, ce qui est assez surprenant car l'auteur n'écrit pas des livres pour midinettes. Il écrit des polars, des thrillers, des romans noirs, bien loin de la littérature à l'eau de rose. Ces jeunes femmes ne sont clairement pas le cœur de cible.

Quand j'arrive à la table de l'écrivain, je comprends l'enthousiasme féminin pour ce roman, enfin, pour l'auteur. Adam Olivier est un quadra charismatique : des cheveux poivre et sel à la Georges Clooney (on doit souvent lui dire qu'il en a un faux air, je pense), un regard ténébreux ; il est élégant, plutôt bien bâti, en costume sombre avec la chemise blanche légèrement déboutonnée dans le haut. Ajouté à cela la célébrité, on a l'équation parfaite pour attirer les demoiselles.

Par contre, je sens que l'attrait de ces jeunes femmes va soudainement décroître quand on va l'arrêter dans quelques instants.

Je le laisse terminer sa dédicace à une groupie tout sourire et tremblante, avant de l'interpeller.

— Monsieur Olivery ?

— Oui ?

— Capitaine Berthelot, de la Criminelle.

Je lui montre ma carte qu'il prend le temps d'analyser, sûrement pour s'assurer que je ne suis pas un fan zélé ayant voulu entrer dans la peau d'un de ses personnages fétiches.

Une fois que j'ai son attention, je peux lui expliquer les raisons de notre irruption sur sa séance de signatures.

— Vous allez être interrogé dans le cadre des meurtres de plusieurs jeunes femmes à Brest, Lorient, La Baule, Vannes et Bordeaux. Veuillez-vous lever et nous suivre.

Il me fixe, les yeux écarquillés. Il semble tomber des nues.

Il joue la surprise. Certains font ça. Mais je ne me laisse pas berner aussi facilement.

— Pardon ? Il doit y avoir méprise.

Ils disent presque tous ça. Ils nient et se disent innocents. C'est rarement le cas.

— Je ne pense pas. Vous allez nous suivre de votre plein gré, ou un agent sera obligé de vous mettre les menottes devant vos fans.

Il se lève, résigné.

Ses droits lui sont notifiés. Nous l'escortons à

l'extérieur sous le regard ahuri et stupéfait de son équipe et de ses groupies venues en masse. Un silence de consternation… puis un brouhaha se fait entendre quand on franchit les portes du *Cultura*. Je sens qu'il va y avoir du mécontentement dans l'air. J'imagine bien l'indignation des jeunes femmes qui ont fait la queue depuis plusieurs heures pour rien.

On le conduit au poste de la Canebière où il est placé en garde à vue pour quarante-huit heures.

À peine a-t-on le temps de l'installer dans la salle d'interrogatoire qu'il réclame son avocat. Le contraire eût été étonnant. Dommage, j'aurais aimé pouvoir l'interroger tout de suite. Je suis impatient d'entendre ce qu'il a à me dire. Il demande également à cc qu'on prévienne sa femme.

Les tueurs en série ont de temps en temps des couvertures pour qu'on ne les soupçonne pas. Il n'est pas rare qu'ils soient mariés et aient des enfants.

Son défenseur venant de Paris, nous sommes obligés d'attendre quelques heures avant de pouvoir commencer l'audition. Avec un peu de chance, l'avocat viendra par l'avion de 15 heures 30 et sera là autour de 17 heures.

En attendant, je relis les notes sur l'enquête. Je veux que mes arguments soient solides face à cet avocat à 3000 euros de l'heure. Il ne lâchera rien. Il va relire le dossier cent fois pour trouver une faille. Tout doit être irréprochable. Notre suspect ne doit pas pouvoir être relâché pour vice de forme.

À 17 heures 30, son avocat, un homme d'une cinquantaine d'années, à l'allure svelte, au costume sur mesure et montre de luxe, franchit les portes du commissariat. Quand je l'aperçois, je sens que le combat va être acharné et compliqué. C'est l'un des plus réputés de Paris. Il est connu pour gagner tous ses procès et être un vrai pitbull, qui n'hésite pas à employer tous les moyens possibles pour faire libérer ses clients quitte à flirter parfois avec l'illégalité. La tâche sera loin d'être aisée mais je ne lâcherai pas, pas sans combattre.

Adam Olivier et son avocat sont en salle d'interrogatoire assis l'un à côté de l'autre. Je suis face à eux avec mon dossier sous les yeux. Une caméra filme l'entretien.

Il va falloir la jouer fine.

— Monsieur Olivery, vous êtes accusé des meurtres de Sophie Macé, Marie Marcireau, Audrey Tanguy, Christelle Le Moigne, Camille Le Roy, Julia La Roche et Maryline Dubois.

— C'est n'importe quoi ! Je ne connais même pas ces personnes.

Je ne relève pas cette interruption.

— Ces jeunes femmes ont toutes été tuées par le même individu, un tueur de sang-froid, calculateur et bien organisé. Elles ont été retrouvées dans des ports ou points d'eau, enroulées dans des bâches et lestées par des parpaings. Elles ont reçu chacune treize coups de couteau dont plusieurs mortels, et le tueur leur a retiré les yeux post-mortem.

J'étale devant lui, une à une, les clichés des corps lacérés et massacrés des victimes. Il détourne le regard. Il semble dégoûté par ces photos.

— Qu'est-ce que ces filles vous on fait pour que vous les défiguriez et les mutiliez de la sorte ?

— Mais rien, ce n'est pas moi !! crie-t-il.

— Elles vous ont allumé et après, quand vous avez voulu aller plus loin, elles ont refusé et vous n'avez pas apprécié ? Vous leur avez donc donné ce qu'elles méritaient, à ces filles. C'est ça ?

— Tout cela est faux. Un tissu de mensonges, répond-il.

Je continue la description des faits.

— Ces femmes avaient toutes en leur possession votre roman dédicacé et ont été tuées les jours suivant votre venue dans leur ville, pour signer votre livre. C'est troublant, non ?

— Cela ne prouve absolument rien ! Ce ne sont que des preuves indirectes, intervient l'avocat. Mon client a peut-être été en contact avec ces jeunes femmes, mais rien n'indique qu'il les ait tuées. Des centaines de jeunes femmes se font dédicacer son roman à chaque séance. Si vous n'avez rien de mieux, mon client sera rapidement dehors.

L'air hautain de cet avocat m'irrite déjà. Mais je garde mon calme.

— En effet, rien ne prouve que monsieur Olivery ait tué ces femmes, mais rien n'indiquc non plus qu'il nc l'a pas fait.

Je fixe le suspect pour essayer de lire en lui mais je ne vois rien, à part de l'angoisse.

— Monsieur Olivery est un auteur à succès de polars. Son métier consiste à échafauder des crimes parfaits et à les retranscrire sur le papier. Il a l'intelligence pour mettre en pratique les scenarii morbides qui sortent de son imagination.

— J'imagine, j'invente des histoires. Mais pourquoi, dans quel but je passerais à l'acte ? Quel serait mon mobile ?

— Je ne le sais pas encore, mais soyez sûr que nous ferons tout pour le découvrir.

— C'est insensé ! Si j'étais vraiment le meurtrier, je n'aurais pas laissé des indices aussi grossiers pour qu'on m'arrête. Vous l'avez dit vous-même, que j'étais quelqu'un d'intelligent. Réfléchissez !

— L'erreur est humaine, et même les plus brillants commettent des erreurs. À moins que justement, vous ayez fait exprès de laisser des éléments «grossiers », comme vous dites, pour qu'on vous arrête et que vous puissiez réfuter l'accusation.

— C'est surréaliste. Vous vous entendez ?

Il joue avec moi. Il me prend pour *Pinot simple flic.* Il se sent supérieur. Cela ne va pas durer longtemps. Je reprends le fil de mon interrogatoire en gardant mon sang-froid.

— Pouvez-vous nous dire où vous étiez les 23 et 29 octobre, ainsi que le 14, le 17, le 19, le 21 et le 25 novembre entre 20 heures et 1 heure du matin ?

— Là comme ça, je ne peux pas vous dire. C'était sur ma tournée de dédicaces. J'imagine que je devais être à l'hôtel.

— Il va falloir être un peu plus précis, si vous voulez que l'on vous croie et que quelqu'un confirme cela.

— Ce doit être dans mon agenda. Et les hôteliers pourront confirmer que j'étais bien là.

— Ils pourront peut-être confirmer que vous avez passé la nuit chez eux, mais pourront-ils affirmer avec certitude que vous n'êtes pas sorti de l'hôtel pendant la nuit ?

— Je suppose. Il doit bien y avoir des caméras de surveillance.

Il marque un point. On doit pouvoir vérifier sur les enregistrements des caméras des hôtels qu'il n'est pas sorti la nuit et inversement.

— Merci de nous remettre le nom des hôtels dans lesquels vous avez séjourné à chacune des dates, afin que nous validions votre alibi.

— Toutes les informations sont sur mon téléphone, dans l'agenda.

Je sors de la salle pour demander à un agent de récupérer les renseignements dans le téléphone du suspect et ensuite, les images des hôtels pour les soirs des disparitions. En attendant de vérifier ce point, le suspect reste en garde à vue.

L'enregistrement de l'interrogatoire est placé sous

scellés. Et j'informe le parquet des dernières avancées, même si concrètement, je n'ai pour l'instant aucun élément tangible pour l'inculper.

18.

Capitaine Julien Berthelot
Marseille, 29 novembre

J'espère que les enregistrements vidéo des hôtels nous permettront de coincer le tueur.

8 heures 30, l'accueil du commissariat m'appelle. La femme du suspect est là et demande à me voir. Je vais la chercher dans le hall et quand je l'aperçois, je suis frappé par son étonnante ressemblance avec les victimes. Amélia Olivery est une femme de quarante ans, mince, très brune, aux yeux d'un bleu envoûtant. C'est le portrait craché de toutes les jeunes femmes retrouvées, enfin, plutôt de leur sœur aînée. Encore une fois, ce n'est peut-être qu'une simple coïncidence.

Je la reçois dans le bureau que l'on m'attribué le temps de la garde à vue. Elle semble extrêmement contrariée par l'arrestation de son époux.

— Capitaine, je ne comprends pas bien ce que vous reprochez à mon mari ? commence-t-elle notre conversation de sa voix calme.

— Il est accusé d'avoir tué sept jeunes femmes ces derniers mois.

— Mais c'est impossible. Il ne ferait jamais ça. C'est un homme doux et sensible. Il ne ferait pas de mal à une mouche.

— Madame, plusieurs éléments, dont un en particulier, nous ont poussés à creuser cette hypothèse. Toutes les victimes avaient fait dédicacer le dernier roman de votre mari.

— Et qu'est-ce que cela prouve ?

— Que votre mari avait rencontré chacune des jeunes

femmes.

— Mais il en croise des centaines par jour.

— Peut-être. Mais est-ce qu'il leur écrit à toutes de si charmantes dédicaces ?

Je lui mets sous les yeux l'exemplaire de Sophie. Elle lit avec attention chaque mot rédigé sur la page de garde.

— Mon mari est un charmeur. Est-ce que cela fait pour autant de lui un tueur ?

— Non. Mais s'ajoute à cela un fait récent véritablement troublant.

Elle me regarde fixement, attendant patiemment la suite. Je sors du dossier les photos qui avaient été transmises lors du signalement de la disparition des sept victimes.

— Regardez bien ces photos.

— Oui… et ?

— Rien ne vous choque ?

— Ce sont toutes de jolies brunes aux yeux bleus.

— Et pas que. Elles vous ressemblent toutes. Vous ne trouvez pas cela curieux ?

— Il y a effectivement quelques similitudes, mais nous ne sommes pas les seules brunes aux yeux bleus de France.

— Peut-être pas, mais ce n'est pas ce qui court le plus les rues.

— Où voulez-vous en venir ?

— Peut-être que le meurtrier tue toutes ces victimes pour, ou à cause de vous ?

— Donc maintenant, ça va être de ma faute ? Je vais également être mise en garde à vue ?

— Non, bien sûr que non. Je soulève juste à haute voix une hypothèse.

Elle me fixe sans un mot de son regard franc et intense.

Cette femme me fascine et me déstabilise. Peu importe ce que je lui montre ou lui annonce, elle reste calme, posée et douce. Elle soutient son mari contre vents et marées. Je trouve cela admirable.

— Quand mon mari sera-t-il libéré ? finit-elle par lâcher, interrompant un silence devenu pesant.

— Votre mari sortira de prison demain, si d'ici là, nous n'avons aucun élément pour l'inculper.

Elle se lève et prend congé, sans un mot.

— Merci pour ces renseignements, lieutenant, conclut-elle en fermant la porte.

— Capitaine, capitaine Berthelot, murmuré-je, une fois seul dans la pièce.

Cette femme est magnifique. Une beauté froide. Mystérieuse. Irréelle. Je ne serais pas surpris que quelqu'un tue pour ses beaux yeux.

Je m'adosse à ma chaise. Je repense à mon entrevue avec Amélia Olivery et à l'interrogatoire de son mari. Plus j'y pense et plus je me demande quel pourrait être le mobile ? Pourquoi irait-il tuer des jeunes femmes, pâles copies de sa femme ? À moins qu'à l'instar du conte *Blanche-Neige*, ce soit Amélia elle-même qui élimine ces rivales potentielles ? Elle tient à rester la plus belle et supprime la concurrence ? Mouais…

Je parcours le dossier une énième fois. Plus je le lis, et plus je me dis qu'Olivery a les caractéristiques du tueur : un quadra, les cheveux grisonnants, élégant, montre de luxe. Il colle parfaitement aux descriptions des témoins. Ça, plus les dédicaces et sa présence dans les villes des disparues, ça commence à faire beaucoup ! Il faudrait peut-être organiser une confrontation avec le témoin de Lorient. C'est le seul qui a bien vu le tueur. Je vais le faire venir. S'il reconnaît le suspect, cela confirmera qu'on est sur la bonne voie.

En fin de matinée, nous recevons les enregistrements de deux des hôtels : celui de Bordeaux et celui de Vannes. La Baule n'a plus les siens, l'établissement ne garde les vidéos que quelques jours.

L'équipe informatique analyse les bandes. J'espère qu'ils trouveront quelque chose.

Il faut qu'on arrête ce tueur. Il a déjà fait trop de victimes.

Dans l'après-midi, le témoin de Lorient, Émile Dantec, un homme de soixante-dix ans arrive, pour l'identification.

Je vais avec lui derrière un grand miroir teinté. L'avocat d'Olivery est également avec nous. Il va falloir que je reste le plus neutre possible. Chaque phrase ou geste de ma part pourrait être interprété comme une façon d'influencer le témoin. Je ne veux pas risquer de perdre ce témoin clé.

Nous attendons patiemment que cinq hommes viennent se positionner face à nous, de l'autre côté du miroir.

Pour ne pas fausser les résultats, nous avons mis aux côtés de notre suspect quatre hommes entre trente-cinq et cinquante ans, tous en costume. L'écrivain est à la place numéro 4. C'est celui des cinq qui semble le plus inquiet. À juste titre. Les autres sont des agents en civil.

Émile Dantec fixe attentivement chacun des hommes qui sont devant lui.

— Oh là là, c'est pas facile.

— Prenez tout le temps qu'il vous faut, tenté-je de le rassurer.

— C'pas évident. Faisait noir.

— Si vous ne reconnaissez pas l'individu, ce n'est pas grave.

— Bah, j'hésite. La tête du 4 me rappelle quelque chose. Mais dans mon souvenir, il était plus petit et un peu différent.

Je sens l'avocat bouillir derrière moi. Il se retient de ne pas intervenir.

— Je suis désolé. Je ne suis pas sûr. Je ne crois pas

qu'il soit là. Je ne me souviens plus.

— Ne vous inquiétez pas, nous comprenons. Notre mémoire nous joue à tous souvent des tours. Merci de vous être déplacé.

— J'aurais aimé être plus utile.

— Vous avez déjà fait beaucoup, ne vous en tracassez pas.

Eh merde ! J'ai bien cru que l'affaire était pliée. Un instant, j'ai pensé qu'on avait entre les mains notre tueur. Maintenant, je n'en suis plus sûr du tout.

Retour à la case départ.

19.

Enora & Simon
Brest, 30 novembre

Avec Simon, nous n'avons pas quitté l'appartement du week-end. Et cela m'a fait un bien fou. Débrancher. Me vider la tête. Ne plus penser à l'enquête et surtout m'éclater.

Nous avons profité de notre journée off et des deux jours suivants pour découvrir sous toutes les coutures l'intimité de l'autre. Et je dois dire que finalement, enfreindre ma règle de base : ne jamais sortir avec un collègue, était vraiment jouissif. Simon est un garçon surprenant, qui gagne sans conteste à être connu, au moins pour ses talents au lit.

Ces trois jours avec Enora ont été au top. C'est vraiment une fille bien. Et au lit, on est franchement compatibles. Elle semble plus sereine. Je pense que ces journées sans penser à l'affaire lui ont été bénéfiques. Je la sens revivre. Dommage que demain, je doive la quitter. Qui a eu l'idée de mettre Lorient si loin de Brest ?

Delphine est revenue à l'appartement samedi après-midi. Notre colocation est de nouveau au beau fixe. On s'est expliquées. Tout est rentré dans l'ordre. Jusqu'au prochain clash.

Enfin, je lui ai quand même rendu la monnaie de sa pièce en la faisant profiter tout le week-end de mes parties de jambes en l'air avec Simon. À moi aussi de monopoliser la salle de bains pendant des heures pour des douches coquines, ou de squatter le salon à embrasser passionnément mon beau brun, tous deux vautrés dans le canapé. J'espère qu'elle aura compris que c'est parfois un chouïa énervant de devoir attendre patiemment et sagement son tour, pendant que les autres s'éclatent.

Enora nous a cuisiné un risotto aux Saint-Jacques ce midi. Sa spécialité. On s'est régalés. Je me suis régalé. Encore un talent caché. Delphine, sa coloc, nous a rejoints pour le déjeuner. Quand j'ai vu Delphine, j'ai compris pourquoi Enora était si inquiète, vendredi. Elle ressemble tellement à nos victimes ! Cette même beauté froide, ces yeux bleu lagon, ces cheveux raides très noirs.

Avec Simon, on a mis en garde Delphine contre le tueur. Elle ne doit plus sortir le soir seule. Tout du moins tant que ce psychopathe ne sera pas définitivement sous les verrous. Ce qui à mon avis n'est qu'une question de temps. Le placement en garde à vue d'Adam Olivier tourne en boucle depuis vendredi sur toutes les télévisions. Son arrestation a provoqué la stupeur générale, en particulier chez les peoples et journalistes, chacun donnant ses avis et analyse sur la question. Personne ne peut imaginer que cet homme si sympathique puisse être un tueur de sang-froid. Encore moins ses lectrices, aveuglées par le charme envoûtant de l'écrivain. Toutes les chaînes parlent de l'auteur. Je pense que son roman va être rapidement en rupture de stock. Son éditeur doit être aux anges. Il doit penser à la phrase de Léon Zitrone : « *Qu'on parle de moi en bien ou en mal, peu importe. L'essentiel, c'est qu'on parle de moi !* ». Et pour le coup, on en soupe du Adam Olivier !

De nombreux reportages sur sa vie fleurissent, où sont dépeints son enfance heureuse, sa famille, son mariage avec Amélia de Parscau… Et quand la photo d'Amélia s'affiche sur l'écran, je me fige. Ce visage, ces cheveux, ces yeux ! Ce physique est en tous points celui de nos victimes. Seul, son âge diffère des victimes et encore, pas de beaucoup.

— Simon, regarde ! dis-je en lui tapant sur la cuisse.

— Quoi ? répond-il en levant le nez de son portable.

— La femme d'Adam Olivier !

— Oh, putain…

— Ce ne peut pas encore être une coïncidence. Cette femme est la clé de l'énigme, j'en suis sûre. C'est à cause d'elle que les jeunes femmes sont tuées.

— J'avoue, c'est troublant, conclut-il perplexe.

Nous passons notre journée, lovés dans le canapé, à regarder les chaînes d'infos nous tenir informés en temps réel des avancées de l'enquête et nous donner des détails et autres scoops sur l'écrivain.

Et c'est reparti, Enora est de nouveau replongée dans l'enquête. Quand elle a une idée en tête, elle ne l'a pas ailleurs. Elle analyse tout. Elle cherche. Elle enregistre. Et surtout, elle attend de savoir si le romancier va être inculpé. Nous allons être vite fixés. Pendant ce temps, nous nous reposons, car le week-end est loin d'avoir été de tout repos.

15 heures. Ça y est. La musique d'un flash spécial nous sort de notre léthargie. Ils vont nous annoncer la suite ! J'espère que le capitaine Berthelot a trouvé de quoi inculper Adam Olivier. Silence.

> *« […] Nous rejoignons Lucie Castrec, notre correspondante, qui se trouve actuellement devant le commissariat de Marseille, au 66 de La Canebière. Bonjour, Lucie. »*

> *« Bonjour à tous, je suis toujours devant le commissariat où l'on vient d'apprendre à l'instant la remise en liberté du célèbre auteur de romans à succès, Adam Olivier. Après près de quarante-huit heures de garde à vue, il est relâché faute de preuves. Une foule de badauds s'est attroupée pour le voir sortir [...] »*

Quoi ? Ce n'est pas possible ! Ils ne peuvent pas le libérer. C'est lui. C'est notre tueur. Son cerveau machiavélique a réussi à tous les embrouiller. Il écrit des thrillers. C'est presque pour moi le mobile. Toute la journée, il rentre dans la peau de tueurs psychopathes et pervers pour tuer virtuellement des innocents. Ça ne m'étonnerait pas qu'un de ses personnages ait pris le contrôle et l'ait poussé à passer à l'acte. Pour passer du potentiel au réel, il n'y a qu'un pas et il a franchi la ligne jaune. Il a basculé du côté obscur, c'est presque une évidence.

Voilà ce que c'est de donner l'enquête à un capitaine de la Crim' qui pète plus haut que son cul. Putain. Quelle connerie ! Dès demain, je me replonge dans le dossier. Il faut que je trouve des preuves pour enfermer ce pervers à perpétuité.

Je reste dormir à Brest ce soir, pour passer la dernière nuit avec Enora avant plusieurs jours. Après la bombe qui a été annoncée cet après-midi sur la libération de l'écrivain, je doute que la nuit soit torride. Mais je veux rester auprès d'elle et si je peux lui éviter un peu de broyer du noir, ce sera l'essentiel.

20.

Thierry
Marseille, 1er décembre

Quel week-end ! Il s'en est fallu d'un cheveu. Ces flics sont plus malins que je ne le pensais.

J'ai été négligent. J'aurais dû penser aux dédicaces. Comment ai-je pu oublier ce « détail » ? Quel con, mais quel con ! Je m'en veux. Ça ne me ressemble pas. Je pensais avoir tout prévu et réfléchi à tout. J'ai eu tort.

Heureusement, avant que la police ne débarque, j'ai réussi à trouver la prochaine à la séance de signatures. Comme les autres, elle est venue avec le sourire, aguicheuse, légèrement vêtue, battant des cils pour attirer l'attention. Et ça a marché. Elle a toute mon attention.

Mais avec la police qui rôde dans les parages, il va falloir que je la joue finement. Et avec le matraquage médiatique de ce week-end qui se prolonge aujourd'hui, aucune chance pour que je la surprenne ce soir. Elle sera probablement calfeutrée chez elle.

Manuela. Ça sonne comme Amélia. Elle était ravie de donner son prénom pour avoir une dédicace personnalisée. Encore plus de donner son numéro sur un bout de papier déchiré dans un calepin. Un auteur de best-sellers en reçoit des dizaines par jour, ce n'est pas très original et peu de chances d'être rappelée. Enfin, aujourd'hui elle va avoir un appel, mais je ne sais pas pourquoi, je sens qu'elle va regretter d'avoir laissé son téléphone. Elle a commis une grave erreur, la cocotte.

Je l'appelle. Ça sonne. Elle décroche à la troisième sonnerie. Je prends mon intonation la plus chaleureuse et la plus conviviale possible. Je mets le démodulateur de voix à côté du combiné. Et c'est parti.

— Bonjour et félicitations, Manuela, vous être en direct à la radio. Votre numéro a été tiré au sort pour remporter un voyage d'une semaine à Rio de Janeiro.

— Quoi ? Quelle radio ?

Je ne relève pas. Je reste concentré sur mon speech. Et je ne tiens pas à ce qu'elle tente d'écouter son « passage radiophonique».

— Mais attention, pour gagner cet incroyable voyage, vous devez répondre correctement à la question suivante. Vous êtes prête ?

— Heu, oui.

— Écoutez bien. Quelle chanteuse a repris la chanson de Kean, *Somewhere Only We Know* ?

— Ah, je le sais. Je le sais !

— Je vous écoute…

Ne me dites pas qu'elle ne va pas trouver ! Ce n'est pas possible.

Je vais donner un coup de pouce au destin.

— Allez, un petit indice parce que c'est vous. Elle a chanté *Fuck you*.

— Ah oui, ça y est. C'est Lilly Allen, Lilly Allen !!

— Bravo !!! Félicitations, Manuela, vous remportez ce superbe voyage d'une valeur de 4000 euros.

— Youhou. Je suis trop contente. Merci !!!!!

— Manuela, vous allez rester en ligne, je vous reprends hors antenne.

— Ok.

J'allume ma radio et lance le CD des tubes de l'été, que j'ai acheté pour l'occasion, en arrière-plan. J'enlève l'effet « animateur » du démodulateur pour avoir une voix « normale ».

— Manuela, vous êtes toujours là ?

— Oui.

— Encore félicitations, *Virgin Radio* est ravie de vous offrir ce séjour.

— Merci, merciiiiii !!!

— Afin de vous faire parvenir les billets, nous avons besoin de votre adresse.

— Heu, oui. Manuela Baeza, 315 rue Saint-Pierre, à Marseille.

— C'est noté. À bientôt.

À très bientôt, même.

On ne se méfie jamais assez, et cette chère Manuela va s'en rendre compte à ses dépends.

Maintenant, changement de rôle : je mets de grosses lunettes de vue un peu « old school » sur mon nez et une moustache grisonnante. En mode incognito.

Toujours avec ma *C3* de location, je branche le GPS et me rends à l'adresse indiquée.

Une fois en bas de la résidence, je récupère le bloc-notes sur le siège arrière et le stylo Bic, ainsi que ma sacoche. J'ai tout ce qu'il faut.

Je sonne à l'interphone au nom de Manuela Baeza. J'espère qu'elle est chez elle. Si ce n'est pas le cas, je patienterai. J'ai tout mon temps.

Au bout de quelques minutes, une charmante voix me répond.

— Oui ?

Je prends un ton calme et rassurant.

— Bonjour, c'est pour le recensement.

— Heu, oui.

— Je peux vous déposer les formulaires ?

— Heu, oui, oui, bien sûr. C'est au premier à droite.

J'entends la sonnerie d'ouverture de la porte retentir. C'est parti mon titi.

Une fois devant son appartement, je pose la main sur ma sacoche pour me rassurer, puis sonne de nouveau.

Manuela m'ouvre.

— Bonjour, me dit-elle tout en restant en retrait derrière la porte, ne laissant entrevoir que la moitié de son visage.

— Bonjour.

Elle ne semble pas me reconnaître. Parfait.

— Alors, combien êtes-vous à vivre ici ?

— Heu, une.

— Souhaitez-vous que je remplisse les formulaires avec vous ?

— Heu, je ne sais pas.

Elle n'a pas vraiment confiance. Je sens qu'elle se méfie. Je vais tenter un coup de bluff. Je ne fais pas le forcing pour rentrer afin qu'elle soit moins sur ses gardes.

— Sinon, je vous remets les papiers et vous les déposerez à la mairie quand vous aurez le temps.

— Heuu. Allez-y, entrez, ça sera plus simple.

Gagné.

Je ferme la porte derrière moi. Et elle fait sa dernière erreur : elle me tourne le dos. Je profite de ce quart de seconde pour l'agripper. Elle se débat. Elle lutte comme une lionne. Je la maintiens, attendant patiemment qu'elle lâche prise. Qu'elle prenne conscience qu'elle est vaincue. Il y a moins de résistance au bout de quelques minutes. Je sens de l'eau ruisseler sur ma main. Elle pleure.

Plus de camionnette, ce n'est plus la nuit, ce n'est pas capitonné, ce n'est pas protégé. C'est le jour, dans un appartement, sans filet. Pour la première fois, je ressens du stress. Si quelqu'un l'entend crier… Si quelqu'un arrive… Je sens que je fais de la tachycardie. Tout peut basculer en un rien de temps. Il faut que je sois rapide et précis. Je n'ai pas le droit à l'erreur.

Cette fois, je ne peux pas me permettre de la laisser consciente quand je vais réaliser mon rituel. Je ne tiens pas particulièrement à le faire, mais j'y suis obligé. Pour Amélia, pour son bonheur, pour la protéger. Je ferme les yeux et d'un coup bref et brusque, brise la nuque de ma victime. C'est fait. Manuela n'est plus.

Je la pose délicatement sur le tapis, sur le ventre. Je

sors de ma sacoche mon *Gerber*. Et lui assène treize coups de couteau dans le dos. Je la retourne, puis agenouillé par terre, lui ouvre les yeux que j'extrais de leurs orbites. Ces magnifiques yeux bleus. Les mêmes qu'Amélia. Je les glisse dans un petit sac que je mets dans ma sacoche. Je passe la main dans ses superbes cheveux noirs soyeux au parfum fleuri. Ça me rappelle ma jeunesse. Notre jeunesse. Et encore et toujours Amélia.

Je jette un dernier regard à Manuela.

J'ai le sentiment que ce sera ma dernière.

Je ne prends pas le temps de faire le ménage. De toute façon, ils auront bientôt toutes les preuves qu'il leur faut, ce n'est pas un cheveu, une empreinte ou une trace d'ADN de plus qui vont changer quelque chose.

Je ne vais pas traîner plus longtemps. Il ne faudrait pas que l'on me surprenne. Pas maintenant. J'ai encore quelque chose qui me tient à cœur à accomplir. Une toute dernière chose avant de pouvoir partir tranquille. Serein.

21.

Enora
Brest, 1er décembre

Ce matin, le réveil est doublement difficile.

Premièrement, parce que Simon est parti aux aurores. Et que j'aurais aimé rester encore un peu lovée dans ses bras, sentir sa peau contre ma peau, passer ma main dans ses cheveux rebelles. Son odeur, son corps, ses baisers vont me manquer, cette semaine.

Et puis, il y a eu le deuxième réveil, une heure et demie après. Tout aussi pénible. Car je venais enfin de me rendormir et parce que je savais que la journée allait être compliquée. J'allais devoir tout recommencer à zéro. Chercher le détail qui m'aurait, non, qui nous aurait échappé à tous, trouver la preuve qui nous permettrait d'enfermer notre tueur.

J'arrive au boulot au radar. Le cerveau ailleurs, l'esprit embrumé, mon corps en mode automatique. Enfin, un mode automatique à perfectionner. J'ai réussi à m'ébouillanter en me servant mon café, tellement j'étais perdue dans mes pensées. Je n'arrive pas à croire que notre globophage soit toujours en liberté, que la garde à vue n'ait pas été prolongée et qu'on soit tous en stand-by. À attendre que la solution arrive à nous, nous tombe toute cuite. Ce n'est pas comme ça que cela marche.

Il faut vraiment que j'appelle le capitaine Berthelot, qu'il m'explique comment ils ont pu relâcher Adam Olivier.

— Capitaine Berthelot, lieutenant Quemener à l'appareil !

— Mmmhoui, baragouine-t-il à l'autre bout du fil.

Je ne lui demande pas si je le dérange, il est capable

de répondre oui.

— Pouvez-vous m'expliquer pourquoi le suspect n'a pas été inculpé à la fin de sa garde à vue à Marseille ?

Petit silence.

— Allô ? Vous êtes toujours là ?

— Nous avons libéré le prévenu faute de preuves, répond-il d'une voix glaciale.

— Mais enfin, c'est lui. C'est notre homme !

— Je n'en suis pas si sûr. Les enregistrements des hôtels montrent qu'il n'est pas sorti de sa chambre les nuits des meurtres. Notre témoin ne l'a pas formellement reconnu. Et puis, quel est le mobile ? Pourquoi tue-t-il ces femmes ? dit-il d'une voix tremblante d'énervement.

— Et sa femme ? Vous l'avez vue, sa femme ? C'est le sosie des victimes !

— Oui, j'ai remarqué cela. Et qu'est-ce que ça prouve ?

— Je ne sais pas, mais on ne peut pas l'ignorer. C'est forcément lié à l'affaire. C'est quand même très étrange.

— Certes, mais c'est insuffisant pour inculper quelqu'un.

— Mais merde, un tueur fou est en liberté ! Il faut se bouger, faire quelque chose !

— Écoutez, lieutenant : cessez de vous mêler de cette affaire. Vous n'êtes plus en charge du dossier. Retournez à vos querelles de voisinage et laissez les experts travailler.

Il raccroche sans même me laisser le temps de lui répondre.

Et ce n'est peut-être pas plus mal. J'étais partie pour l'insulter, le traiter de tous les noms d'oiseaux qui me venaient en tête, et je ne suis pas sûre que cela aurait été très bénéfique pour ma carrière.

Non mais, quel connard ! Comment peut-il être si nonchalant ? Il est sur une affaire avec un tueur en série. Un homme qui a tué une dizaine de jeunes femmes en deux mois et qui ne va sûrement pas s'arrêter là. Il faut le stopper avant de créer une psychose dans tout le pays. Si le capitaine Berthelot ne veut pas se bouger, je vais le faire. Je vais trouver toutes les preuves nécessaires pour boucler cette affaire. Et s'il le faut, j'y consacrerai mes jours, mes nuits et mes week-ends !

Je passe ma matinée à retourner les éléments recueillis dans tous les sens. Mais rien. Je ne trouve pas le bout du fil sur lequel tirer pour que tout devienne limpide. Je désespère.

Seule à mon bureau, avec toutes mes notes, je suis dans une impasse. Plus j'y réfléchis, plus je suis en proie au doute. Le capitaine Berthelot, aussi désagréable et antipathique qu'il soit, a peut-être raison. L'écrivain n'est pas forcément l'auteur des meurtres, c'est peut-être seulement et simplement un écrivain. Il a un alibi, pas de mobile et il n'y aucune preuve pour l'incriminer. Seulement des preuves indirectes : les dédicaces, sa présence dans les villes le jour des disparitions… et puis, il y a sa femme. C'est troublant, mais ce n'est pas suffisant.

Mais si ce n'est pas lui, qui est-ce ? Qui a pu avoir l'opportunité de tuer ces jeunes femmes ? Qui ?

Je griffonne une bonne demi-douzaine de « qui ? » sur ma feuille, quand deux éclairs de génie consécutifs m'illuminent. Mais oui ! Le staff ! Qui a accompagné Adam Olivier sur toutes ces dédicaces ? Qui a pu croiser les jeunes femmes ? Son équipe. Les gens qui travaillent avec lui sur la promotion de son bouquin. Il me faut la liste de toutes ces personnes.

Et puis, il y a aussi les fans. Il y en a un qui a pu suivre le romancier sur toute la tournée. Un déséquilibré qui a perdu le sens des réalités et qui tue pour faire plaisir à son maître. Il s'identifie aux personnages décrits dans les livres d'Adam Olivier. Une sorte de « Hannibal lecteur »… Ça se tient. Deux nouvelles pistes. Les affaires reprennent !

En revanche, au vu de mon appel chaotique avec le capitaine Berthelot, je pense que je peux me brosser pour qu'il me file les informations. Il va falloir que j'aille à la pêche toute seule. Je vais tenter l'appel direct à l'écrivain. Je ne sais pas trop s'il faut que je le nomme par son pseudonyme ou son vrai nom. Je pense que ça n'a pas d'importance.

— Bonjour, monsieur Oliviery.

Un mixte, j'ai coupé la poire en deux. Quelle truffe ! Même pas capable de bien prononcer son nom…

— Lieutenant Quemener, auriez-vous quelques instants à m'accorder ?

— Heu, oui. À quel sujet ?

— Toujours sur les meurtres en série. Nous pensons que la personne qui a fait tout ça, vous a suivi sur votre tour de France de dédicaces.

— Vous pensez à quoi ? Ce serait un de mes lecteurs ?

— C'est une hypothèse, en effet. Quelqu'un vous vient en tête ?

— J'ai beaucoup de lecteurs et certains font le déplacement de très loin pour avoir une signature. Mais bien souvent, ils ne me suivent pas. Je ne suis pas une rock-star. Cependant, il y a un drôle de jeune homme qui est là à presque chaque séance.

— Vous pouvez me le décrire ?

— Oui, assez grand, fin, des cheveux grisonnants, la trentaine, je pense. Gentil, souriant, sympathique. Il demande toujours à faire des photos qu'il me fait signer la fois suivante. Parfois, il vient déguisé comme l'un de mes personnages.

— Vous n'auriez pas son nom ?

— Juste son prénom : Stéphane.

Il est plus jeune que dans les descriptions des témoins, mais pour le reste, ça colle plutôt pas mal.

— Très bien, merci. Et dernière question : lors de votre tournée, vous êtes entouré d'une équipe ?

— Oui, il y a mon agent, parfois mon éditeur et un stagiaire.

Je n'ai pas demandé à Adam Olivier de me décrire ou de me donner des informations sur les trois personnes qui le suivent dans ses déplacements. Je ne veux pas qu'il sache que je soupçonne des gens de son entourage. Il pourrait se braquer, en référer au capitaine, et je me ferais remonter les bretelles par mon chef. Il me reprocherait d'outrepasser mes fonctions et de ne pas obéir aux ordres.

Pour aller plus vite, j'appelle Simon pour qu'il m'aide un peu : l'union fait la force. Et c'est aussi pour moi l'occasion de passer un coup de fil à mon homme. Entendre sa charmante voix au téléphone me fait sourire et me booste.

Il prend en charge la vérification des emplois du temps du staff de l'auteur sur les dates de la tournée de dédicaces et moi, je creuse la piste du fan.

Je vais demander à Guenaël d'essayer de me trouver tous les Stéphane faisant partie des 87 343 fans de la page *Facebook* et des 9 678 followers de l'auteur. Je pense qu'il va s'éclater. Pour éviter qu'il me dise non, je vais utiliser un stratagème bien connu des femmes de ce siècle. Pour aller lui présenter ma requête, je déboutonne les deux boutons du haut de ma chemise, je bombe la poitrine, détache mes cheveux et les secoue pour avoir un côté plus sauvage ; et une fois à son bureau, je me cambre pour lui laisser entrapercevoir mon soutien-gorge turquoise. Une fois que j'ai réussi à lui faire perdre sa concentration, je peux lui poser n'importe quelle question. Il préférera répondre oui, plutôt que d'avouer qu'il n'a pas écouté car il était trop occupé à zyeuter ma poitrine.

La psychologie masculine, je commence à maîtriser.

— Bonjour, Guenaël, ça va bien ? dis-je de ma voix la plus langoureuse.

— Oui, et toi ? répond-il machinalement, sans lever les yeux vers moi.

Eh oh, je suis là. Je racle ma gorge pour attirer son attention. Il me regarde enfin.

Je me penche en avant. J'attends que le poisson morde à l'hameçon pour donner l'estocade finale.

— Tu me sauverais, et tu serais le meilleur de tous les collègues, si tu pouvais faire une petite recherche pour moi sur les réseaux sociaux.

Pas de réponse. On l'a définitivement perdu.

— T'es ok, du coup ?

— Hein ?

— Je te demandais si tu étais ok ?

— Heu, oui, oui.

— Super, merci, Guena. Tu es trop fort ! Donc, si tu pouvais me donner la liste des Stéphane pour ce soir, ce serait top ?

— La liste de quoi ?

— La liste de tous les Stéphane qui suivent ou aiment Adam Olivier sur les réseaux sociaux. Tu n'as pas écouté ou quoi ?

Il semble mal à l'aise mais tente de sauver la situation en se raccrochant aux branches.

— Si, si. Je voulais être sûr que tu ne voulais pas aussi les likes sur les pages des livres.

— Ah, si tu peux faire ça aussi, c'est très bien.

Il me fait rire. En essayant de se rattraper, il se tire une balle dans le pied. Mais je ne laisse transparaître aucune émotion. Je ne veux pas qu'il sache que je l'ai manipulé.

— Merci beaucoup pour ton aide précieuse. Par contre, c'est en off. Pas un mot au chef. Merci !

— Ça marche. Mais tu n'auras les infos dans ta boîte mail que demain, à la première heure. Il faut que je finisse avant une recherche pour le lieutenant Clorennec.

— Ok, merci.

Je suis machiavélique. C'est trop facile de jouer avec les hommes. Ils sont tellement prévisibles ! On leur met une paire de seins et un joli sourire sous les yeux, et on peut tout leur faire faire.

Maintenant, à moi de bosser un peu. Je ne peux pas faire que déléguer. Je dois aussi effectuer ma part du boulot.

Adam Olivier m'a dit que son fan était sur toutes les dates ou presque de la tournée. Je vais sur la page *Facebook* de l'auteur et sur *Twitter*, et je cherche toutes les photos que je peux trouver sur les séances. Beaucoup de lecteurs ont immortalisé leur rencontre avec leur idole, ainsi que des journalistes et vraisemblablement le stagiaire, pour communiquer sur les réseaux sociaux. Je déniche pas moins de quatre cents photos. Maintenant, il n'y a plus qu'à trier. À jouer à « *Où est Charlie ?* ». À trouver ce jeune homme aux cheveux grisonnants, habité par les personnages sortis tout droit de l'imaginaire d'Adam Olivier. J'ai l'impression de chercher un ami de nuit dans un festival archi bondé sans réseau téléphonique ; autant dire qu'à moins d'un miracle, j'en ai pour des heures…

Après trois heures, je ne trouve plus très drôle de chercher mon Charlie. J'ai les yeux qui piquent. Et je ne l'ai pas encore clairement identifié. Sur une photo, je l'ai presque vu, je l'ai aperçu de dos. Sur une autre, je l'ai deviné dans la file d'attente. Mais trop loin. Impossible d'avoir une image nette. Sur une autre encore, on devine une partie de son visage, mais son accoutrement ne permet pas de l'identifier. Je sature.

Il commence à se faire tard, je n'ai toujours pas trouvé le fan et j'ai la tête sur le point d'exploser. Simon a peut-être eu plus de chance que moi. Je l'espère.

— Hey, ça va ?

— Mouais, et toi ?

— Bof. Je n'ai pas avancé sur ma partie du boulot, et toi ?

— Pas beaucoup mieux. J'ai pu récupérer les vidéos des hôtels de Brest, Lorient et Vannes mais soit les autres hôtels n'avaient pas de caméras, soit les bandes avaient déjà été supprimées. Je les visionne toutes. Mais c'est long et fastidieux.

— Ok, merci. Bisous.

Je déclare forfait pour aujourd'hui. Je rentre chez moi un peu dépitée. J'aurais aimé trouver quelque chose, mais j'ai la tête farcie et les idées nébuleuses. Je ne peux vraiment rien faire de plus ce soir. J'espère que la journée de demain sera plus fructueuse. Chaque jour, chaque heure, chaque minute de perdus sont une chance supplémentaire pour le tueur de nous échapper, voire pire, de commettre un autre crime. Et je ne peux accepter cela.

À l'appartement, Delphine semble avoir écouté nos recommandations. Elle ne sort plus. Mieux, elle prépare le dîner. Ce soir, c'est fajitas. Yeah. Un peu de soleil dans cette journée triste et morne.

Je ne reste pas veiller tard, demain, j'ai encore du boulot.

Un petit texto à Simon pour lui souhaiter une bonne nuit, et extinction des feux.

22.

Enora
Brest, 2 décembre

Ce matin, je suis arrivée de très bonne heure au poste, avec la ferme intention de résoudre cette affaire. Je suis repartie dans ma recherche de « Charlie ». Charlie le tueur globophage aux cheveux poivre et sel. J'en suis à mon troisième café, quand je remarque en haut à gauche de la trois cent soixante-troisième photo, Stéphane. Le jeune homme que m'a décrit l'auteur. Je l'ai. Je sens l'adrénaline monter. Je sens qu'on touche au but.

J'ai son prénom, son signalement et à présent, sa photo. Maintenant, il n'y a plus qu'à trouver son nom. J'espère que les recherches de Guenaël ont été fructueuses.

J'ouvre ma messagerie et y trouve un mail de ce dernier datant d'il y a une heure. Il a été un peu plus rapide que moi. Je suis ravie qu'il ait rempli son objectif. J'ouvre la pièce jointe et y trouve une liste de noms. La liste comporte trente-deux Stéphane, vingt et un d'entre eux sont à la fois fans de l'auteur sur *Facebook* et sur *Twitter*. Je vais commencer par ceux-là. Ce ne devrait pas être trop long d'identifier lequel est le bon.

Je tape chacun des noms sur *Facebook* et les élimine les uns après les autres : celui-là est trop vieux, celui-ci trop jeune, celui-là n'a pas de cheveux, un autre les cheveux rouges…

Le huitième est le bon. C'est lui, c'est Stéphane. Stéphane Drion, vingt-huit ans, de La Baule. Son profil n'est pas verrouillé. Je regarde toutes ses publications. Rien de violent. Rien, à part sa passion sans bornes et sans limites pour Adam Olivier et son œuvre. L'essentiel de ses publications sont à ce sujet. Il poste tous les articles qu'il trouve sur son idole, des photos, des liens et des messages enflammés. À ce stade-là, ce n'est plus de l'amour, c'est de l'obsession. Il y a juste un détail qui me turlupine. Il n'a rien de l'homme élégant, raffiné et surtout friqué dépeint par les témoins. Et même s'il fait plus que son âge, il est loin d'en paraître quinze de plus.

Merde. Tout ce temps perdu pour rien. J'étais persuadée qu'on tenait enfin notre suspect. Puis, quand je pense avoir perdu tout espoir, une photo de Stéphane avec son « dieu » littéraire attire mon attention. Derrière eux. Cette silhouette, ces cheveux, cette montre. C'est lui. C'est notre tueur. Je reste stoïque quelques secondes.

Un appel me sort de mon apathie : c'est Simon.

— Simon ?

— Oui. Ton homme est le meilleur. J'ai trouvé qui était le tueur.

— Moi aussi.

— Hein ?

— C'est le frère d'Adam Olivier.

— Comment tu as deviné ?

— Il était sur une photo en arrière-plan, et la ressemblance entre les deux hommes est vraiment évidente.

— Bon, je vois que tu n'avais pas besoin de moi, dit-il assez dépité.

J'ai un peu coupé son enthousiasme et cassé son effet. Il était tout content de m'annoncer sa trouvaille. J'aurais dû le laisser finir et flatter son ego. Il va falloir le rebooster.

— Si, au contraire. Moi, je n'ai qu'un soupçon, une intuition. Toi, tu en as la preuve. Raconte-moi ce que tu as déniché !

Je bous d'impatience. Je suis pendue à ses lèvres.

— J'ai identifié les trois personnes travaillant avec Adam Olivier : son éditeur, Marc Plouidy, le stagiaire,

Neramith Tran et son agent qui est également son frère, Thierry Olivery.

Je l'écoute religieusement m'énoncer le résultat de ses recherches.

— J'ai éliminé le stagiaire d'office. Il n'a que vingt-deux ans. Impossible que ce soit notre homme. Puis, l'éditeur. Il n'était pas sur place sur trois lieux de disparition. Ne restait plus que le frère. Comme toi, quand j'ai vu sa photo, j'ai compris qu'on était sur la bonne voie. Son profil était le bon : la quarantaine, les cheveux poivre et sel, vêtements de luxe et surtout, présent sur chaque date de la tournée de dédicaces. Après, j'ai fait comme tu m'avais demandé, j'ai vérifié les vidéos des hôtels où il a séjourné.

Il marque une pause. Je ne tiens plus. Je veux tout savoir, tout de suite, maintenant.

La suiiiiiiiteeeeee !!!!!

— Et tous les soirs où une jeune femme a été assassinée, il n'était pas à l'hôtel. Soit il n'était pas rentré, soit il était sorti quelques heures avant.

— C'est sûr, c'est lui !

— Oui, enfin maintenant, va falloir le prouver.

— Tu verrais sa tête sur les photos ! La façon qu'il a de regarder les jeunes filles. On sent de la haine dans ses yeux.

— Il n'a a priori pas d'alibi, mais il faut vérifier. Et quel serait son mobile ?

— Simon, c'est sûr, c'est lui. Le frère aîné jaloux du succès, mais surtout des amours de son petit frère. C'est logique. Simon, je te rappelle, il faut prévenir le capitaine Berthelot.

Je raccroche. Je suis excitée. On a identifié le tueur. Maintenant, le plus dur est à venir : avertir le capitaine Berthelot et surtout lui dire qu'on a résolu l'affaire. Et je ne sais pas pourquoi, je pense que c'est le genre d'homme qui n'apprécie pas qu'on soit meilleur que lui. Mais je dois le prévenir. Il pourrait nous accuser d'avoir volontairement caché des choses et je ne veux pas me faire taper sur les doigts par mon chef.

Maintenant, il n'y a plus de doute. Thierry est notre homme. J'appelle le capitaine Berthelot. Ça sonne. Personne ne répond. Me filtrerait-il ? Il n'oserait pas, si ? Je retente et à la sixième sonnerie, il décroche enfin. Probablement irrité par mon insistance et les sonneries intempestives.

— Allô ? grommelle-t-il à l'autre bout du fil.

— Capitaine Berthelot ? Lieutenant Quemener. On a identifié le tueur.

— Ah oui, et qui est-ce, selon vous ? répond-il agacé.

— Thierry Olivery. Le frère d'Adam Olivier.

— Et qu'est-ce qui vous fait penser ça ? dit-il sur un ton dédaigneux.

— C'est son agent. Il est sur chaque salon, chaque séance de dédicaces. Et il n'a pas d'alibi. On a vérifié les vidéos des caméras de surveillance des hôtels. Mais surtout, il ressemble trait pour trait à la description des témoins.

Je l'entends se racler la gorge au bout du fil. Je sens qu'il a du mal à s'avouer qu'on a résolu l'affaire avant lui et surtout, je pense que je peux toujours attendre un remerciement.

— Bon. Envoyez-moi tout ce que vous avez. On va regarder ça.

— D'accord.

— Mais maintenant, je veux vraiment que vous nous laissiez faire. Je ne veux plus vous avoir dans les pattes.

Puis, il raccroche. Je n'attendais rien d'autre de sa part. Il faut toujours qu'il décide quand prend fin une conversation.

Je lui transmets tout ce qu'on a trouvé. Puis, j'appelle Simon.

— Simon, une petite virée parisienne, ça te tente ?

— Quoi ?

— Chez Thierry Olivery. Je veux être certaine que le capitaine Berthelot ne passe pas à côté de quelque chose.

— Enora, je ne suis pas sûr que le capitaine va être ravi de nous voir.

— Je m'en fiche. Je veux aller au bout de cette histoire. Et j'irai avec ou sans toi.

Je prends un peu la mouche.

— Je viens. Je ne te laisserai jamais aller toute seule chez un tueur en série !

— Super. Je prends l'avion de 14 heures 30 à Brest et toi, celui de 14 heures 40 à Lorient. On se retrouve à Orly ? Les avions atterrissent à la même heure là-bas.

— Vendu.

— À tout à l'heure !

Comment ça, je suis un peu directive ?

J'aime aller au bout des choses. Je ne suis pas le genre de personne qui commence quelque chose sans le terminer. Ce qui est valable pour la nourriture. Peu importe la quantité qu'il y a dans mon assiette, je termine toujours mon plat. Je n'abandonne jamais. C'est un précepte que mes parents m'ont inculqué enfant.

Il est 13 heures. Je suis tellement impatiente que je vais directement à l'aéroport. Je m'achète un casse-croûte sur place. J'ai vraiment hâte de découvrir l'antre du tueur. Où peut bien vivre un homme comme Thierry Olivery ? Un homme qui tue de sang-froid. Un homme énigmatique qui vit dans l'ombre de son petit frère. Un homme en apparence inoffensif. Et surtout, pourquoi tue-t-il ? Qu'est-ce qu'Amélia a à voir dans l'histoire ? Serait-il amoureux de sa belle-sœur ? Il reste encore tant de questions sans réponses.

Dans l'avion, je suis une pile électrique. Mon cerveau est en ébullition. Je repense à l'enquête. À tous les détails que j'ai manqué, à ceux qui m'ont permis d'arriver jusque là, aux victimes, à celles que j'aurai pu sauver,...

Arrivée à Orly, j'attends Simon dans le hall. Je suis sur les nerfs. J'ai tellement hâte que tout ça soit fini ! Que ce Thierry soit arrêté et surtout, qu'il explique le pourquoi du comment. Qu'il nous raconte ce qui l'a poussé à commettre des crimes aussi affreux, ce qui l'a poussé à ôter la vie à d'innocentes jeunes femmes.

Dès que je vois Simon, je me précipite pour l'embrasser. Ce côté rêveur, toujours dans la lune, cette bouille d'ange et ce sourire ravageur... Qu'est-ce qu'il est beau, mon Simon ! Je le sens moins excité que moi par la suite de l'aventure. Mais j'apprécie qu'il soit venu.

Nous prenons les transports en commun (bus plus métro) pour le 16 rue Jean Beaussire, adresse de Thierry Olivery. Rien que devoir prendre deux moyens de transport, et faire deux changements, me fatigue. Comment font les Parisiens pour supporter ça ?

Assise dans le métro à côté de Simon, j'ai la tête qui bouillonne. Simon me prend la main pour me calmer. Sa main sur la mienne m'apaise. Plus je côtoie ce jeune homme, plus il me surprend et plus il me fait fondre.

Dans la rue Beaussire, nous repérons une voiture banalisée avec deux agents. Ils surveillent visiblement l'immeuble. Ils n'ont pas dû arrêter le suspect. Cela ne m'étonne qu'à moitié de la part du capitaine Berthelot. Il a dû réagir trop tard. Thierry Olivery leur a filé entre les doigts. Mais si c'est le cas, où se cache-t-il ?

Quand nous arrivons au pied du majestueux immeuble où vit le frère d'Adam Olivier, je sens mon cœur qui s'emballe, et à chaque pas qui nous rapproche de son appartement, le rythme s'amplifie.

Une fois devant la porte, il bat à cent à l'heure. Des scellés sont sur la porte. Je les enlève. Je sens Simon réticent.

— Tu es sûre de toi ?

— Oui. Je veux savoir. Je veux voir de mes yeux où vivait ce monstre.

Je force la porte. Simon n'est pas très à l'aise. Des flics qui entrent par effraction, ce n'est pas terrible et cela peut avoir des répercussions néfastes sur notre avenir. Mais notre objectif et nos intentions sont louables. Je me rassure comme ça.

L'appartement du suspect est tout aussi majestueux que l'immeuble. C'est spacieux, moderne quoiqu'un peu impersonnel. La Crim' a dû fouiller de fond en comble le logement, mais il vaut mieux deux fois qu'une. Simon et moi faisons le tour du domicile en cherchant quelque chose qui sorte de l'ordinaire. Mais rien, ni dans la chambre parentale, ni dans celle d'amis, encore moins dans la salle de bains ou dans la cuisine, ne semble pas à sa place. Rien ne laisse imaginer qu'un tueur en série habite ici. Peut-être que, finalement, le capitaine Berthelot a trouvé quelque chose. Ce serait surprenant, mais la vie est pleine de surprises.

— Bon, tu vois qu'il n'y a rien. On peut y aller. La Crim' a les choses bien en main, dit un Simon sur le pas de la porte, visiblement décidé à partir.

Je m'apprête à le suivre et me résigne à lever le camp, quand quelque chose m'interpelle.

Dans la bibliothèque de Thierry dans le salon, un volume attire mon attention parmi la centaine d'autres. Sur la tranche, on peut lire en lettres capitales « AMÉLIA ». Ces six lettres ne sont pas là par hasard. J'attrape le livre et l'ouvre. Et découvre que ce livre est un livre confidentiel qui contient un secret pas très ragoûtant. À tel point que de surprise, je pousse un cri strident et laisse tomber l'ouvrage et tout ce qu'il contient.

Une dizaine d'yeux bleus chutent sur le sol. Certains rebondissent, d'autres roulent sur quelques mètres. Tout autour de moi, il y a des yeux qui me fixent. Je suis écœurée. Je n'ose plus bouger.

— Simon, c'est horrible !!

— Je confirme, dit-il lui aussi dégoûté.

— Je ne peux pas les ramasser.

— Heu, je ne les ramasserai pas non plus.

— Faut appeler Berthelot. Si ça, ce n'est pas une preuve !

Sans bouger d'un iota, je joins le geste à la parole en me concentrant pour garder mon attention sur le plafond. Surtout, ne pas recroiser le regard de ces yeux inexpressifs.

23.

Capitaine Julien Berthelot
Brest, 2 décembre

La garde à vue d'Adam Olivier n'a rien donné. Je suis convaincu qu'il est innocent. Mais si ce n'est pas lui, qui donc est le tueur ? Je vais tout reprendre à zéro. Et essayer de ne plus écouter les élucubrations du lieutenant Quemener, qui viennent parasiter notre enquête et nous font perdre notre temps !

Mais ce matin, un nouvel élément vient perturber mes réflexions matinales. Une jeune femme a été retrouvée sans vie à Marseille, hier soir. Elle s'appelait Manuela Baeza. Une nouvelle victime du tueur en série. Une brune aux yeux bleus.

Mais quand tout cela va-t-il s'arrêter ?

Cette fois-ci, le meurtrier a été négligent. Il n'a pas opéré comme à l'accoutumée. Il doit sentir qu'on est sur ses traces. Il fait des erreurs. Il agit dans la hâte. C'est mauvais pour lui, c'est bon pour nous.

La victime a été retrouvée chez elle. La police scientifique a découvert des empreintes et des cheveux gris. Ça ne m'étonnerait pas qu'ils relèvent aussi de l'ADN. Cela ne ressemble pas à notre homme.

Je crains le pire. Cela signifie qu'il n'a plus rien à perdre. Il sait qu'on n'est pas loin. Il devient donc incontrôlable. Je redoute une escalade dans la violence, et dans la fréquence de ses crimes.

J'attends les résultats du labo qui confirmeront l'identité du meurtrier. Il va falloir qu'on soit réactifs.

Je pensais que la journée ne pouvait pas être pire, quand mon téléphone se met à sonner. Le lieutenant

Quemener. Encore elle... Quand va-t-elle comprendre qu'on n'a pas besoin de son aide ? On avance très bien sans ses interventions incessantes. Chacun reste à sa place.

J'ai beau essayer de l'ignorer, elle insiste. Elle est vraiment pénible. Je plains son mec.

Tant pis, je décroche.

Bon, elle est peut-être agaçante et insupportable, mais sa persévérance paye. Je pense qu'elle a dénoué l'affaire.

J'envoie une équipe interpeller le suspect à son domicile.

Avant de suivre aveuglément sa piste, je fais une petite recherche dans le fichier des immatriculations pour savoir quelle voiture possède Thierry Olivery.

Raté, il n'a pas d'utilitaire. Il a seulement une *Audi A5*. Peut-être a-t-il loué la camionnette ? Mais si l'homme est aussi méticuleux qu'il semble l'être, enfin, jusqu'à aujourd'hui, il y a peu de chances qu'il l'ait louée sous son vrai nom, et il y a encore moins de chances qu'il ait payé par carte.

À tout hasard, je vais faire une demande au procureur pour avoir accès aux comptes du suspect. Il y aura peut-être le paiement à une agence de location. C'est probablement un coup d'épée dans l'eau, mais il faut le tenter.

Comment pourrais-je vérifier qu'il conduit bien un utilitaire ? Son frère !

Adam Olivier pourrait me confirmer que son frère roule dans un *Berlingo*.

Je me rends dans la propriété de l'écrivain afin d'avoir des réponses à mes questions et potentiellement, vérifier que Thierry Olivery ne s'y cache pas.

La résidence se trouve au 8 avenue de Clamart, à Vanves. C'est une maison très impressionnante et vraiment somptueuse, la villa Marie. Finalement, certains auteurs arrivent à vivre de leur art, et même très bien !

Je sonne.

— Bonjour, monsieur Olivery, capitaine Berthelot. Je peux entrer ?

— Oui.

Je le sens un peu réticent, ce que je comprends aisément : chat échaudé craint l'eau froide. Il doit redouter que je ne tente une fois de plus de l'inculper.

Nous passons dans le salon meublé avec goût, et qui fait trois fois la taille de mon logement parisien. Il m'invite à m'asseoir sur l'énorme canapé d'angle en cuir. Sa femme Amélia nous prépare du café et nous apporte de petits gâteaux secs.

Une fois que tout le monde est installé, je peux commencer à poser mes questions.

— Dans le cadre de l'enquête pour les meurtres des jeunes femmes brunes aux yeux bleus, pouvez-vous nous indiquer quelle voiture conduit votre frère lors de vos déplacements ?

— Mon frère ?

— Oui.

— Mais qu'a-t-il à voir là-dedans ?

— Monsieur, pouvez-vous répondre à la question ?

— Sur la tournée, il conduisait un utilitaire. Un Berlingo, je crois.

— Savez-vous pourquoi ce véhicule ?

— Je ne sais pas. Il trouve ça plus pratique pour transporter les romans, je pense.

— Très bien, merci.

— Non, mais expliquez-moi !

— Monsieur Olivery, il semblerait que votre frère ait un lien avec les meurtres.

— Après moi, c'est mon frère ! Vous n'avez pas une autre famille à embêter ? commence-t-il à s'énerver. Sa voix déraille.

— Monsieur, nous avons des preuves qui nous permettent d'affirmer que votre frère est impliqué.

— Impliqué ?

Je ne relève pas la question.

— Monsieur Olivery, savez-vous où se trouve votre frère, actuellement ?

Chez lui, j'imagine.

— Quand l'avez-vous vu pour la dernière fois ?

— À Marseille, à la séance de dédicaces.

— Et rien depuis ?

— Non. Il m'a appelé dimanche soir après la fin de ma garde à vue.

— Vous n'avez rien remarqué d'anormal ?

— Non. Mais vous allez me dire à la fin ce que vous lui reprochez ? dit-il irrité par mes questions.

— Votre frère avait l'opportunité de tuer les jeunes femmes, il n'a pas d'alibi, il correspond aux descriptions faites par les témoins et surtout, il conduit la camionnette repérée sur les lieux des disparitions…

— Thierry est un homme simple et gentil, c'est un homme bon. Il ne ferait jamais de mal à une femme ! intervient Amélia, visiblement contrariée que l'on soupçonne son beau-frère.

— Madame Olivery, quelles sont vos relations avec votre beau-frère ?

— Que sous-entendez vous ? répond-elle, outrée par ma question.

— Je reformule : comment vous entendez-vous ?

— Très bien. Nous nous connaissons depuis plus de vingt ans. Il vient régulièrement dîner à la maison.

— N'a-t-il jamais eu des propos ou gestes déplacés envers vous ?

— Mais non ! Jamais. C'est quelqu'un de bien. Pourquoi toutes ces questions ?

— Nous allons probablement devoir vous mettre sous protection, madame Olivery.

— Ma femme ?! Mais pourquoi ? intervient Adam Olivier, surpris de mon annonce.

— Il semblerait que le tueur, et par conséquent votre frère, ait développé une sorte d'obsession mortelle pour elle.

Adam Olivier et sa femme restent sans voix. Probablement sous le choc des révélations qu'il viennent d'entendre.

Cet échange a confirmé mes soupçons. Je vais rejoindre les patrouilles au domicile de Thierry Olivery.

Une fois sur place, je ne peux que constater que le suspect nous a devancés. Il a mis les voiles. Il a anticipé notre venue. Où a-t-il bien pu aller ?

Nous perquisitionnons son appartement. Chaque pièce est fouillée au peigne fin. Rien ne pourra nous échapper. Mais malheureusement, malgré tous nos efforts, nous ne trouvons rien. Rien nous permettant de savoir où il se trouve, ni prouvant son obsession pour sa belle-sœur, ni indiquant que c'est un tueur de sang-froid.

Je retourne au poste et transmets son signalement au niveau national. J'espère qu'on va le trouver rapidement.

Je place Amélia Olivery sous surveillance. J'ai peur qu'il s'en prenne à elle. Que ce soit le bouquet final, le clou du spectacle.

Puis, mon téléphone sonne de nouveau. C'est encore et toujours le lieutenant Quemener. Elle est pénible ! Je décroche, je n'ai pas le choix. Elle va insister jusqu'à arriver à ses fins. Plus vite je l'aurai eue au téléphone, plus vite ce sera terminé.

— Capitaine Berthelot, lieutenant Quemener à l'appareil, dit-elle très rapidement.

— Oui, dis-je agacé par ce harcèlement.

— Heu, comment dire… avec le lieutenant Le Meur, on a trouvé les trophées du tueur.

—Les trophées ?

— Oui, les yeux des victimes.

— Où ça ?

— Chez lui.

— Chez lui ? Mais où êtes-vous ?

— À son appartement…

— L'appartement est sous scellés. Personne ne peut y entrer.

Un blanc s'installe au bout du fil.

— Capitaine, j'avais une sorte de pressentiment.

— Bon, et donc, vous êtes entrés malgré les scellés ?

— Oui, mais j'avais vu juste. Thierry Olivery gardait les yeux dans un livret secret de sa bibliothèque.

— Bon, bon… Vous allez nous apporter ce livre, nous analyserons les yeux pour identifier leurs propriétaires.

— Heu, comment dire ? Il y a eu comme qui dirait un petit accident…

— Un accident ?

Cette fille est une calamité. Une sorte de morpion dont on ne peut se débarrasser. Je me demande si elle n'est pas venue au monde pour me pourrir la vie. Qu'est-ce que j'ai fait au bon Dieu pour qu'il décide de la mettre sur ma route ?

— Ça serait mieux si quelqu'un venait les chercher.

— Et pourquoi donc ?

— Ils sont disséminés un peu partout sur le parquet en chêne massif du salon de Thierry Olivery.

— Quoi ?!

— Étant donné qu'on n'est pas équipés, il vaudrait mieux que des techniciens viennent sur les lieux. Voilà. À bientôt.

— Lieutenant Quemener, c'est la dernière fois que je vous le dis, et j'espère que cette fois vous allez bien l'enregistrer : JE NE VEUX PLUS VOUS VOIR !

Cette fille m'horripile. Elle a réussi à m'énerver. Je

lui raccroche au nez pour la troisième fois depuis que je l'ai rencontrée. Je ne sais pas ce qui me prend de décrocher quand elle appelle.

24.

Thierry
Brest, 2 décembre

Je suis démasqué. Mon imprudence m'a perdu. Tout est fini. Je regrette juste de ne pas avoir pu tout expliquer à Amélia.

Tout cela est encore de la faute de la fliquette. Elle a mis son nez où il ne fallait pas ; à force de chercher, elle a fini par tout découvrir. La menacer n'a rien changé, cela ne l'a freinée que quelques instants. Elle a persisté. Elle va devoir payer pour ça.

On va voir comment elle va réagir quand je vais mettre ma menace à exécution…

Tous les flics de France sont à mes trousses. Va falloir que je la joue fine, encore une fois.

Heureusement que j'ai toujours un coup d'avance.

Hier, après Manuela, j'ai pris le premier vol pour Paris. J'ai profité de patienter dans la salle d'embarquement pour me trouver un covoiturage sur *covoiturage-libre.fr*. Le seul site me permettant encore de payer en liquide le trajet. Je ne dois laisser aucune trace. Personne ne doit savoir où je me rends.

Je n'ai pas pris le temps de passer par chez moi, car je ne voulais pas prendre le risque de me faire arrêter. Je me suis rendu à Évry chez mes parents. Ils ne sont plus là. Enfin, ils sont toujours de ce monde, mais JP leur a offert une maison dans le Sud. Ils y passent à présent dix mois de l'année. À mon grand bonheur, ils n'ont pas vendu la maison familiale. Souvenir d'une enfance heureuse. Ils ont également gardé la vieille 105. Celle sur laquelle JP et moi avons appris à conduire, celle-là même qui m'a permis de voyager et de m'évader avec Amélia. La belle et douce Amélia…

La maison sent le renfermé. Les parents ont mis des draps sur tous les meubles pour éviter que la poussière ne s'y accumule. Tous les volets sont clos. Personne ne pourra remarquer ma présence. Je m'installe dans ma chambre d'enfant à la déco marine. Cette nuit, seul dans cette grande maison pleine de souvenirs, je ne peux fermer l'œil. Je ne peux me sortir de l'esprit Amélia. Je repense à notre rencontre, à nos moments à nous, à cette vie que nous aurions pu avoir, à mon amour pour elle sans failles et indestructible, à elle qui éclaire ma vie, peu importe où elle se trouve et avec qui…

Ce matin, je ne suis pas au top de ma forme. Le manque de sommeil commence à se faire ressentir.

Avant le dernier acte, je dois procéder à quelques changements.

Je monte à l'étage dans la salle de bains du haut. Ma mère est brune. Tout comme Amélia. Et elle a toujours de la coloration d'avance pour masquer ses cheveux gris.

Il est temps de passer à l'étape : transformation. Je m'applique le produit sur le crâne et laisse poser. D'ici trente minutes, je ne serai plus le même homme.

En attendant, j'ouvre un des albums photos que notre mère a fait. Des photos de JP et de moi sur presque toutes les pages. Nous à six et huit ans faisant du vélo, puis à l'adolescence avec des looks improbables, puis à dix-huit et vingt ans. Il y a une photo de nous trois : JP, Amélia et moi. C'étaient les meilleures années de ma vie. Je n'ai pas le temps d'être nostalgique, le minuteur de mon téléphone sonne. Place au rinçage.

Je me sèche les cheveux avec une serviette. Verdict. Je regarde ma nouvelle tête dans le miroir. Cela ne fait pas très naturel, mais ça fera l'affaire. Mes cheveux poivre et sel ne sont plus.

Je dois retrouver mon covoitureur à 13 heures, métro 10 Pont de Saint-Cloud. J'emprunte quarante euros dans la boîte de farine de la cuisine (cachette pas très secrète de ma mère pour ses économies). Je prends ensuite la vieille 105 pour me rendre jusqu'au lieu de rendez-vous. Je vais éviter autant que faire se peut les transports en commun. Mon visage doit être placardé partout et des agents doivent patrouiller dans les lieux publics à ma recherche. Je sors la voiture cahin-caha du garage. Elle n'a pas dû bouger de là depuis vingt ans. Il faut que je m'y reprenne à trois fois avant que le moteur daigne se mettre en route. Heureusement que je n'ai pas cinq cents kilomètres à faire avec. Je ne suis même pas certain que je pourrai faire les quarante jusqu'à Boulogne-Billancourt.

13 heures 07. Je suis arrivé à destination, j'ai bien cru que la voiture allait me lâcher à cinq kilomètres du but.

Mon chauffeur est là : une jeune femme de trente ans, dans un 4x4 rouge, attend en effet près de l'arrêt de métro. Elle est loin d'être aussi belle qu'Amélia mais pour une blonde, elle n'est pas mal et pour effectuer le trajet, je ne vais pas faire mon difficile. Deux autres jeunes hommes d'une vingtaine d'années feront aussi partie du voyage.

Pendant près de six heures, je vais rouler avec ces trois inconnus. Mais le choix du covoiturage n'est pas anodin. Je suis recherché par toutes les polices de France, mon visage va passer à la télévision et être diffusé dans la presse. La seule façon pour moi d'arriver sans encombre à destination est de passer inaperçu, de me fondre dans le décor. J'ai donc oublié les transports en commun : avion, train. Et puis, la voiture en solitaire, c'était du suicide. Je n'aurais pas passé le premier péage. On recherche un homme seul de quarante ans. Pas un père de famille avec ses trois enfants. Je maximise mes chances d'atteindre mon but.

À chaque fois que l'on croise une voiture ou un fourgon de flics, j'ai le palpitant qui s'emballe. Il faut que je me détende. Tout va bien se passer.

Je suis vraiment impatient de pouvoir mettre en œuvre ma vengeance… Mon ultime action.

J'aurais tellement aimé que cela se termine différemment !

25.

Enora
Brest, 2 décembre

Avec Simon, nous rentrons sur Brest par le vol de 18 heures 40. Ce fut un séjour parisien express, et loin d'être une sinécure. J'aimerais qu'on retourne dans la capitale pour un week-end en amoureux. Mais je ne pourrai me projeter pour des séjours romantiques avec mon homme que quand cette histoire sera derrière nous, quand tout sera fini et Thierry sous les verrous.

Le fait que le meurtrier ne soit pas encore en prison me contrarie. Il peut être n'importe où en France. Il est même peut-être déjà à l'étranger. Je ne comprends pas qu'il ait pu filer comme ça. Son portrait est diffusé à tous les policiers de France et sur toutes les chaînes de télévision. Cet homme sait se rendre invisible. Comment fait-il ? On a affaire à un type malin. Je ne desserre pas les dents de tout le vol.

Nous arrivons à l'appartement à 21 heures, Delphine n'est pas là. Elle est encore probablement chez un mec. Mais pourquoi elle n'a pas prévenu ? Elle sait pourtant qu'avec le tueur fou qui rôde, et qui peut être n'importe où, il faut être très prudent.

Elle m'énerve. Elle doit se douter que je vais m'inquiéter. Elle va m'entendre !

Je l'appelle. Bien sûr, elle ne répond pas. Je lui laisse un message incendiaire.

— Delphine, je t'assure, j'espère pour toi qu'un psychopathe t'a kidnappée ! Je te préviens, je n'accepterai aucune autre excuse pour ne pas nous avoir avertis et pour ne pas répondre au téléphone ! Avec

Simon, on se fait un sang d'encre. Rappelle-nous dès que tu as ce message !

L'inquiétude revient, j'ai de nouveau le stressomètre au maximum. J'ai une boule au ventre et le sentiment qu'il lui est arrivé quelque chose. Simon tente de me rassurer, mais même lui semble inquiet. Je fais les cent pas dans le salon. Delphine ne nous aurait pas fait deux fois le même coup. Ce n'est vraiment pas normal.

Mon téléphone sonne quelques instants plus tard. C'est Delphine. Elle va avoir un savon dont elle va se souvenir !

— Non, mais Delphine, qu'est-ce que tu n'as pas compris dans la phrase : il ne faut plus sortir le soir sans prévenir ?! Ne nous refais plus jamais ça. Compris ?

— Delphine avait compris. En revanche, je pense qu'elle n'avait pas prévu qu'on vienne la chercher chez elle, répond une voix d'homme calme et froide.

C'est lui. Le tueur. Il a Delphine… Il l'a kidnappée. Je sens mes jambes qui me lâchent. Je pose ma main sur le dossier d'une chaise pour ne pas perdre l'équilibre. D'un coup, je me sens vidée de toute mon énergie.

Simon, voyant mon air affolé et mon visage se décomposer, me demande si tout va bien.

— Enora, tu es toute pâle, qu'est-ce qui se passe ?

— C'est lui, dis-je la voix tremblante, en mettant ma main sur le combiné.

Il comprend tout de suite de qui je parle. Je mets le téléphone sur haut-parleur.

Je sens les larmes me monter aux yeux. « *Enora, reste forte, maîtrise-toi. Il ne faut pas lui montrer que tu es déstabilisée.* » J'essaye de reprendre mes esprits.

— Où est-elle ? parviens-je à articuler.

— Avec moi.

— Comment va-t-elle ?

— Pour l'instant, elle va bien. Pour la suite, cela va dépendre de vous.

— Qu'est-ce qu'il faut que je fasse ?

Je ferai tout ce qui est en mon pouvoir pour libérer Delphine. Elle est entre les mains du meurtrier par ma faute.

— Je veux parler à Amélia, dit-il. Vous allez la faire venir ici. La vie de votre amie contre un entretien avec elle. Attention, mon offre expire dans cinq heures. Passé ce délai, vous ne reverrez plus votre amie vivante. C'est bien clair ?

— Oui. Où vous retrouve-t-on ?

— Dans un entrepôt sur le port de commerce. Je ne veux personne à part Amélia et vous. Si je vois quelqu'un d'autre, je la descends. Soyez-en sûre.

— J'ai compris.

Une fois le téléphone raccroché, je me blottis dans les bras de Simon et de grosses larmes perlent le long de mes joues. J'ai besoin de réconfort. J'ai besoin d'évacuer un peu le stress avant de passer le prochain appel. Thierry m'avait prévenue. Il m'avait appelée pour me dire d'arrêter de fouiner, il m'avait dit qu'il allait se venger. J'ai pris à la légère ses menaces et maintenant, Delphine est entre les mains d'un détraqué qui n'a plus rien à perdre. Tout ça à cause de moi !

Une fois mes idées un peu plus claires, je prends une profonde et longue inspiration et j'appelle le capitaine Berthelot. Mais il ne répond pas. C'est urgent, décrochez, je vous en supplie…

J'appelle trois fois, trois fois je tombe sur sa messagerie. Il doit me black-lister. Je laisse un message alarmiste sur son répondeur. Faites qu'il rappelle. Et vite !

Simon tente à son tour de l'appeler avec son propre téléphone et au bout de la troisième tentative, le capitaine décroche enfin.

Simon met le haut-parleur.

— Capitaine Berthelot ?

— Moui, grommelle-t-il comme à son habitude.

— Lieutenant Quemener et Le Meur à l'appareil.

— Arrêtez de m'appeler ! Oubliez mon numéro ! s'énerve-t-il.

— Attendez, ne raccrochez pas ! C'est très important : le tueur a enlevé la colocataire d'Enora.

— Comment ? Qu'est-ce qui vous fait penser ça ?

— Il vient de nous appeler, poursuis-je.

— Vous savez où il se trouve ?

— Oui.

— Où ?

— À Brest. Il nous a lancé un ultimatum. Il veut un entretien avec Amélia et en échange, il libérera Delphine.

— Vous ne voulez quand même pas qu'on livre à ce psychopathe la femme qui l'a poussé à commettre tous ces meurtres ?

— En fait, si.

— Mais vous rêvez tout éveillée ! Avez-vous perdu la tête ?!

— Capitaine, la vie de mon amie est en jeu. Il n'hésitera pas à la tuer. Je vous promets que je ne quitterai pas Amélia des yeux durant toute l'entrevue.

— Vous serez présente ?

— Oui, il ne veut voir qu'Amélia et moi.

Un silence s'installe au bout du fil. Il hésite.

— Capitaine, nous porterons des micros. Cela nous permettra d'enregistrer les aveux du suspect. Ce qui contribuera à avoir un dossier à charge plus solide.

— Mhhhh…

— Capitaine, il nous laisse cinq heures, maintenant plus que quatre heures quarante-cinq pour lui amener Amélia.

— Bon, c'est ok. Je vous conduis Amélia.

Ouf, première étape ok… Maintenant, il faut impérativement que le capitaine Berthelot réussisse à convaincre madame Olivery de l'accompagner, et surtout qu'ils arrivent avant la fin de l'ultimatum, la vie de Delphine en dépend.

En attendant, Simon et moi restons à l'appartement à faire les cent pas et se ronger les sangs. J'espère que le capitaine et Amélia seront là à temps.

Plus les minutes passent, plus mon angoisse grandit. Et s'ils n'arrivaient pas à l'heure ? La vie de Delphine ne tient qu'à un fil. J'ai la nausée. Simon essaye de me calmer. J'ai la tête qui tourne, des difficultés à respirer. Je sens mon cœur qui essaye de sortir de ma poitrine. Je crois que je fais une crise d'angoisse. Je suis obligée de m'allonger pour ne pas tomber dans les pommes. S'il vous plaît, faites que tout se passe bien…

Une heure avant la deadline, j'ai un appel du capitaine. Ils sont là. Ouf !

Nous nous retrouvons sur le port de commerce. Il fait nuit noire. Il n'y a pas âme qui vive. Un frisson me parcourt le corps. Je ne sais pas si c'est dû à la température ambiante, inférieure aux normales de saison, ou à mon appréhension quant à ce qui va suivre.

Amélia semble plus sereine. Elle est calme. On n'a pas l'impression qu'elle est sur le point de rencontrer un tueur en série. À ma grande surprise, elle a tout de suite accepté de retrouver le forcené. Et je lui en serai éternellement reconnaissante, mais j'avoue qu'à sa place, je ne serais pas rassurée. J'aurais peur d'être son ultime victime, son bouquet final. Celle par qui tout a commencé et celle par qui tout doit finir. Celle qui conclura sa folie meurtrière. Je ne sais pas si elle est bien consciente du risque qu'elle prend et du danger qu'elle encourt. J'aurai beau être avec elle, Dieu seul sait ce qui va se passer à l'intérieur. Thierry connaît les lieux. Pas nous. Il nous tend peut-être un piège. Il va falloir qu'on soit très vigilantes !

Le capitaine Berthelot nous équipe toutes les deux de micros. Je prends avec moi mon arme de service et j'en dissimule une autre de secours dans ma botte droite. Je ne les utiliserai qu'en cas d'extrême urgence mais comme dirait ma mère : il vaut mieux prévenir que guérir…

Le rendez-vous est dans un hangar désaffecté *tagué*. Il se trouve non loin de là où Sophie a été retrouvée. Le visage de l'adolescente tuméfié et gonflé me revient en mémoire et avec lui, mon désir d'arrêter coûte que coûte ce psychopathe. Je suis déterminée.

Quand nous entrons, je vois tout de suite Delphine. Elle est allongée sur le sol, les pieds et mains liés. Elle est recouverte de terre et de poussière. Dans la pénombre, je n'arrive pas à savoir si elle est toujours en vie. Nous avançons lentement, à l'aveugle. J'essaye de m'approcher le plus possible de mon amie, mon arme à la main, vérifiant du mieux que je peux que personne n'est là et ne va nous surprendre.

— Delphine, chuchoté-je.

Pas de réponse. Je réitère un peu plus fort.

— Delphine !

— Mhhhhh…

Je l'entends gémir. Elle est vivante. Je suis tellement soulagée. Je respire de nouveau. Je me sens submergée par l'émotion. Contrôle-toi ! Le tueur ne doit pas être loin. Je dois rester concentrée, mon objectif toujours en tête : mettre fin à cette histoire de manière définitive.

Quoi qu'il se passe, ce soir, Thierry Olivery sortira les menottes aux poignets ou les pieds devant…

26.

Thierry
Brest, 3 décembre

Dans cet endroit lugubre et humide, je patiente. Dans quelques minutes, le spectacle va commencer.

En attendant, je repense aux coïncidences et coups de pouce du destin.

Quand j'ai regardé sur les pages blanches l'adresse du lieutenant Quemener, jamais je ne me serais imaginé que sa colocataire serait une brune aux yeux bleus.

Puis, quand j'ai cherché Delphine Nicolas sur Internet, je me suis dit que le hasard faisait vraiment bien les choses.

Je tenais une chance de me venger et n'aurais pu rêver un aussi beau clin d'œil. Delphine est aussi brune qu'Amélia, et a les yeux presque aussi bleus. C'est parfait.

Tout est prêt, les hostilités vont pouvoir débuter...

La porte du hangar vient de grincer. Elles sont là… C'est l'heure de la dernière scène. Tous les protagonistes sont réunis. J'attends depuis tellement longtemps ce moment !

J'ai un avantage : je joue à domicile. Ce hangar a déjà connu une autre histoire : la fin tragique de la vie de la jeune et jolie Sophie. Ce lieu sera à jamais hanté par mon passage et le sang que j'y aurai fait couler, par les vies enlevées. J'y laisserai mon empreinte.

Du fond de la pièce, j'entends les deux femmes murmurer. Je les entends respirer. Leurs souffles sont courts.

Il est temps d'entrer en scène et de briser ce silence

assourdissant.

Je m'avance pour me poster sous le seul point lumineux de l'endroit. Un trou dans le toit laisse la lumière du lampadaire extérieur percer dans l'entrepôt.

— Bonsoir, lieutenant, je vous remercie d'avoir honoré votre part du contrat, commencé-je froidement, en posant bien ma voix, comme un acteur de théâtre.

Mon entrée les fait sursauter. Cela me réjouit. J'ai le pouvoir et j'aime ça. Le lieutenant me craint. Mais je lis dans ses yeux sa haine envers moi et sa détermination. Je pense qu'elle ne me pardonne pas d'avoir mêlé son amie à cette histoire, bien que tout cela soit arrivé par sa faute. Elle s'est immiscée dans ma vie, je m'immisce dans la sienne, c'est de bonne guerre.

— Vous allez donc relâcher Delphine ? répond-elle de façon presque arrogante.

— Je le ferai quand je me serai entretenu avec Amélia. Mais avant, vous allez déposer lentement votre arme au sol et la faire glisser vers moi.

Après quelques secondes d'hésitation, elle obéit. J'aime sa docilité. Je pensais qu'elle opposerait plus de résistance. Je suis déçu, c'est presque trop facile.

Amélia reste en retrait, silencieuse. Même dans l'obscurité, ses incroyables yeux me subjuguent, me transpercent. Elle est tellement belle ! Je suis perdu dans son regard.

J'ai attendu depuis si longtemps ce moment. Je sens l'adrénaline monter en moi. La fin est proche.

Après quelques instants, je m'approche d'elle et me lance dans ma tirade préparée et longuement répétée.

— Bonsoir, Amélia, dis-je de ma voix la plus tendre et la plus chaleureuse.

— Bonsoir, Thierry, me répond-elle doucement.

Même sa voix est magnifique. Le temps n'a pas d'emprise sur elle. Elle est encore plus belle que lors de notre première rencontre.

Elle ne semble pas avoir peur de moi. Cela me redonne confiance.

— Ma très chère Amélia, tout ce que j'ai fait, je l'ai fait pour toi.

— Pour moi ?

Je lis dans son regard de l'incompréhension. Je vais tout lui raconter. Je vais être honnête avec elle. J'aurais dû l'être depuis très longtemps.

— J'ai commis tous ces crimes atroces pour te protéger. Pour que tu ne sois pas malheureuse. Que ton bonheur soit préservé.

— Je ne comprends pas, balbutie-t-elle.

Je vais droit au but, quitte à la faire souffrir. J'ai trop tardé à tout lui avouer.

— Amélia, ton mari est un homme volage. Il l'a toujours été et encore plus depuis que la célébrité est venue à lui. Au début, j'ai fermé les yeux. Mais quand il a commencé à coucher avec des jeunes femmes qui étaient tout ton portrait… de pâles copies de toi... cela m'a mis hors de moi. Il ne pouvait pas te faire ça. Tu es la huitième merveille du monde. Tu es la plus belle femme que la terre ait jamais portée. Pourquoi fallait-il qu'il aille voir ailleurs ? Tu es parfaite. Alors, pour que JP ne puisse plus te tromper, j'ai éliminé toutes les tentations. Toutes ces jeunes filles qui te ressemblaient.

— Thierry… Ce n'est pas possible.

Je lis de l'horreur dans ses yeux. Je n'aime pas ça. Elle doit comprendre que c'était un geste d'amour. Mon amour infini pour elle.

— Je ne voulais que ton bien. Amélia, je t'aime depuis la première fois que je t'ai vue. Je savais que je ne pourrais jamais t'avoir, mais savoir que tu étais heureuse avec JP me satisfaisait. Mais il a fallu qu'il joue au con et mette en péril ton bonheur. Il ne sait pas la chance qu'il a de vivre avec toi.

—Thierry, ces jeunes femmes ne méritaient pas de mourir. Elles étaient innocentes.

— Si. C'était la seule façon de les éloigner de manière définitive de JP. Elles venaient sur les salons, court vêtues, elles le draguaient ouvertement. Elles lui laissaient leur numéro. Elles étaient envoûtées. Seule la mort pouvait les dissuader et les désensorceler.

— Thierry…

— Une partie de moi est morte le jour où tu as épousé JP. Et j'ai fait tout ce que j'ai fait en pleine conscience. Mais sache que je ne regrette pas mes actes. J'ai fait et ferai tout pour toi, le seul et unique amour de ma vie…

— Bon, vous avez eu votre entretien avec Amélia. Maintenant, vous allez libérer Delphine, intervient la fliquette, coupant court à la conversation.

Quelle bécasse sans cœur ! Elle a de la chance que la scène soit presque terminée !

— Je n'ai qu'une parole. Votre amie est libre. Je suis également disposé à me rendre. J'imagine que plusieurs policiers attendent à l'extérieur.

Je resterai digne et garderai la tête haute quoi qu'il arrive. La fin est écrite depuis le début et je ne reculerai pas.

À peine ai-je terminé ma phrase que la policière se précipite pour libérer son amie. Du coin de l'œil, je la regarde détacher Delphine. Je la vois poser sa main sur son abdomen, pour y faire un point de compression. Elle ne croyait quand même pas que je ne lui ferais rien ? Elle ne peut pas être si naïve. Cette pimbêche m'a énervé, son amie est une jolie brune aux yeux bleus, c'était trop tentant. Mais j'ai respecté mon engagement, je me suis arrangé pour qu'elle reste en vie jusqu'à l'arrivée du lieutenant Quemener. Il n'est pas exclu qu'elle succombe à ses blessures, elle a perdu beaucoup de sang. Il va falloir que la fliquette réfléchisse vite et fasse le bon choix.

Je l'entends réconforter son amie.

— Delphine, reste avec moi, tout va bien aller, je suis là. Ne t'endors pas, s'il te plaît.

Sa voix déraille. Elle est sur le point de craquer. Elle est faible. Je l'aurais crue plus forte. Je suis déçu. Ce n'est finalement pas une adversaire si redoutable.

Maintenant, et pour la première fois depuis vingt ans, je suis seul avec Amélia. Face à face, sans un mot, il n'y a que nous deux au monde. Je me noie dans ses yeux bleu lagon. Un léger sourire naît à la commissure de ses lèvres. D'un simple regard, nous nous comprenons. Nous n'avons jamais eu besoin de parler pour communiquer. Nos silences partagés m'avaient manqué.

Puis, sans que je l'aie deviné, Amélia vient se blottir contre moi. Ses cheveux sur mon visage, son parfum, son cœur qui bat. Tout cela semble si familier et pourtant, c'est la première fois qu'elle me prend dans ses bras. Que je sens son corps contre le mien. Je n'ai jamais été aussi bien de toute ma vie.

Mon regard se pose sur la fliquette qui nous fixe. Elle ne comprend pas et ne comprendra peut-être jamais ce qui nous unit.

Et sous ses yeux, je sors de derrière mon dos mon *Gerber*. Elle a réalisé ce que va être mon final. Mais si elle tente de m'en empêcher, son amie mourra. Alors Delphine, son amie de toujours, ou Amélia, qu'elle a contrainte à venir : laquelle va-t-elle sauver ? Quoi qu'elle décide, le choix qu'elle va devoir faire la marquera toute sa vie. Elle ne sera plus jamais la même, la jeune femme insouciante qu'elle est va en partie mourir ce soir. Cette nuit sera à pour toujours gravée dans sa mémoire et cela me réjouit au plus haut point. Elle ne pourra jamais m'oublier.

Elle pousse un cri pour prévenir Amélia et ses

acolytes qui doivent attendre à l'extérieur. La fliquette, tout en gardant sa main gauche sur le ventre de son amie, tente d'attraper une arme dissimulée près de sa cheville. Mais c'est bien trop tard. J'enfonce profondément mon couteau dans le corps d'Amélia. Celle-ci me regarde, stupéfaite. Sans un mot, elle porte ses mains à son ventre. Je pose mes lèvres sur les siennes. Ce sera notre seul et unique baiser. Puis, elle s'effondre sur le sol poussiéreux.

Le lieutenant me hurle de ne plus bouger, pointant fébrilement son arme sur moi et avant que les policiers ne puissent m'arrêter, j'esquisse un sourire confiant à la fliquette et enfonce le couteau ensanglanté dans mon ventre.

Je vacille et tombe à côté de ma belle. La fixant une toute dernière fois. Elle respire à peine ; ses magnifiques yeux grands ouverts seront la dernière chose que je verrai.

J'ai vécu la moitié de ma vie dans l'ombre de mon frère, à faire le deuil de mon amour pour Amélia. Je n'aurais pu survivre encore vingt ans en prison, loin d'elle.

Nous allons nous retrouver dans l'au-delà. Seuls. Loin de JP, personne ne pourra plus nous séparer.

Tels Roméo et Juliette, notre vie s'achève ici. Ensemble. Pour l'éternité.

Le capitaine Berthelot, ayant tout entendu de mes déclarations, est entré avec les renforts dans le hangar, brisant de manière définitive ce merveilleux moment. Tout cela valait le coup. Trop d'années perdues, trop d'années loin d'Amélia…

Je ne discerne plus ce qui se passe autour de moi, je me sens partir, loin du brouhaha, mon cœur ralentit. Une douce fraîcheur m'enveloppe. C'est fini. Les jeunes femmes brunes aux yeux bleus vont de nouveau pouvoir dormir sur leurs deux oreilles et les yeux bien fermés.

Les flics ont ce qu'il leur faut pour boucler l'affaire.

Mais je ne leur ai pas tout dit, il reste encore quelques questions qui attendent des réponses :

Pourquoi treize coups de couteau ? Pourquoi les yeux ? Pourquoi maintenant ?

Peut-être qu'un jour, ils sauront le fin mot de l'histoire…

En attendant, je vais emporter avec moi dans la tombe les réponses à ces questions. Tomber de rideau. Fin du dernier acte.

27.

Enora
Un an après

Cette affaire aura marqué beaucoup de monde et plusieurs vies auront été brisées.

Les disparues seront à jamais dans les mémoires et ceux qui restent doivent avancer et continuer à vivre sans jamais oublier…

Amélia et Thierry Olivery ont succombé à leurs blessures avant l'arrivée des secours. Thierry aura réussi son grand final. Il va vivre l'éternité avec sa bien-aimée. Il ne sera jamais condamné pour les meurtres de Camille, Sophie, Maryline, Christelle, Manuela, Marie, Audrey et Julia.

Le seul point positif, les familles vont pouvoir faire leur deuil en mettant un nom et un visage sur l'homme qui aura ôté la vie à leurs filles, sœurs-ou amies.

Ils ont tous les deux été incinérés. C'est JP, mari et frère des amants maudits, qui l'a décidé. Je ne sais pas ce qu'il a choisi de faire des urnes. Je trouve leur fin triste.

Il aurait peut-être suffi que Thierry ouvre son cœur à Amélia il y a vingt ans. Qu'il ose, qu'il tente, qu'il ait du courage et il aurait su qu'elle aussi l'aimait…

Toutes ces filles mortes pour rien, alors qu'ils s'aimaient tous les deux sans le savoir depuis tout ce temps.

Ils n'auront jamais eu la chance d'être heureux. J'ai un peu de peine pour eux. Et j'aurai à tout jamais la mort d'une innocente sur la conscience. Mon souhait de sauver à tout prix ma meilleure amie aura coûté la vie à la pauvre Amélia. Jamais je ne pourrai me le pardonner.

JP, alias Adam Olivier, continue d'écrire des romans qui sont presque tous des best-sellers. Il est sur le point de se remarier avec une jeune actrice écervelée (c'est presque un pléonasme) de vingt-cinq ans. Le battage autour de son frère a plutôt été bénéfique à sa carrière. Frère qu'il semble avoir définitivement rayé de sa vie. Comme si ce dernier n'avait jamais existé.

Le capitaine Julien Berthelot, suite à la résolution de l'affaire, a eu une promotion et une décoration. Il a aussi changé de numéro de téléphone. Il semblerait qu'il était harcelé par une folle furieuse. Ce qui m'étonne, c'est qu'il ne m'ait pas transmis son nouveau numéro. Qui sait, je pourrais lui être utile sur une nouvelle enquête…

Chacun est retourné à son existence d'avant, en s'efforçant de continuer à avancer.

Mathieu, le petit ami de Sophie, a repris le dessus. Je ne sais pas si c'est la tristesse et la perte de cette dernière qui les a réunis, mais il file le parfait amour avec Rachel, l'amie de Sophie. Je les ai aperçus en ville main dans la main, recommençant à vivre, à sourire et à profiter de chaque jour que la vie leur offre.

J'imagine que le fiancé de Marie, ou Baptiste, le meilleur ami de Christelle, commencent eux aussi à faire leur deuil, comme tous les proches des victimes. Ils continuent à vivre, mais ils n'oublient pas.

Delphine a survécu à ses blessures. Elle est restée six mois dans le coma. J'ai bien cru qu'elle allait y passer. Je m'en serais voulu jusqu'à la fin de mes jours si tel avait été le cas. J'ai déjà la mort d'Amélia sur la conscience. Sans moi, celle-ci serait toujours vivante aujourd'hui et cela va me hanter toute ma vie.

À mon grand soulagement, Delphine s'est remise

doucement de son enlèvement. Après sa avoir quitté l'hôpital, elle n'a pas pu sortir, ni ne pouvait rester seule à l'appartement. Pendant des mois, elle se réveillait en hurlant au beau milieu de la nuit. Elle voyait ou entendait des Thierry partout. Je pense qu'elle a été véritablement traumatisée, on le serait à moins.

Mais Laurent, son collègue, qui est venu la voir chaque jour à l'hôpital, l'a aidée à surmonter sa peur et ses angoisses. Une jolie histoire est née. Delphine s'est enfin fixée avec un homme. Un homme bien.

Simon, quant à lui, file le parfait amour depuis un an avec une jeune femme sublime et merveilleuse, en l'occurrence moi. Il vient d'être muté sur Brest. Vivre dans la même ville est quand même plus commode, même si les retrouvailles du vendredi soir étaient vraiment torrides. Il semble heureux. Notre cohabitation se passe bien. J'ai même l'impression que cet éternel ado est prêt à se poser et à s'engager. Je n'attends plus que la demande officielle.

Quant à moi, je m'en sors plutôt bien, compte tenu des circonstances : grâce à Thierry, en effet, j'ai rencontré l'homme de ma vie. Et par ailleurs, malgré mon excès de zèle, je n'ai pas perdu mon boulot. En revanche, cette première affaire restera malgré tout un échec car par ma faute, une femme aura perdu la vie. Simon m'aide chaque jour à le surmonter. Je continue à vivre et avancer mais jamais je ne pourrai oublier.

La colocation avec Delphine a pris fin avec la venue de Simon sur Brest. Pour notre plus grand bonheur à toutes les deux. Elle a emménagé avec Laurent et moi avec mon Simon.

Nous nous remettons tous peu à peu de cette affaire, chacun pansant ses plaies. Un peu de repos, de calme, retourner à la routine et aux affaires de cambriolage ne nous font pas de mal.

Enfin, jusqu'à la prochaine aventure…

Thierry & Jean-Paul
Evry, 1993

Il était une fois deux frères, Jean-Paul et Thierry, de dix-huit et vingt ans, que tout opposait.

Le premier avait quitté le domicile familial pour vivre sa vie d'adulte émancipé à Paris, le second habitait encore chez leurs parents dans une petite maison en région parisienne.

Jean-Paul, dit JP, était un artiste extraverti et charmeur.

Thierry, lui, était un jeune homme discret et très réservé. Il passait ses journées seul à lire. Les livres étaient sa passion, des moments d'évasion loin d'un quotidien triste et sans saveur.

Un beau jour d'octobre 1993, le 13, une jeune fille, Amélia, vint s'installer dans la maison voisine de la sienne. Dès qu'il l'aperçut, Thierry sut que c'était elle. En un seul regard, il tomba éperdument amoureux d'elle, la seule et l'unique. Celle qui était faite pour lui. Il aima tout en elle : ses longs cheveux ébène, son teint pâle, son sourire timide et surtout ses yeux bleus envoûtants. Des yeux si bleus qu'il rêvait d'y plonger.

Sa timidité l'empêchait de l'aborder. De la fenêtre de sa chambre, à chaque moment de la journée, il la guettait, espérant l'apercevoir ne serait-ce que quelques secondes.

Les jours passaient et Thierry se languissait.

Un matin, il prit son courage à deux mains et alla sonner chez les voisins. Le patriarche de la famille lui ouvrit, l'air jovial, et la jeune fille montra le bout de son nez à la porte.

Thierry fut déstabilisé par cette apparition. Elle était tellement parfaite : fine, souriante, respirant la joie de vivre, le regard pétillant et espiègle.

Amélia et lui devinrent amis. Elle avait la même appétence que lui pour la littérature. Thierry était heureux de partager tous ces moments privilégiés avec Amélia. Avec la femme de sa vie.

Puis, un jour, JP vint rendre visite à sa famille. Dès qu'il croisa Amélia, il tomba immédiatement sous le charme de la jolie voisine. Plus charismatique, plus séduisant et plus sûr de lui, il osa lui ouvrir son cœur. Amélia se laissa séduire et tomba dans les bras du petit frère, au grand désespoir de Thierry. Ce dernier perdit à cet instant toute sa joie de vivre, sa raison d'être, mais surtout l'amour de sa vie.

Avec le temps, il se fit une raison et se dit que l'important était qu'Amélia soit heureuse. Et avec son frère, elle l'était.

Mais ce bonheur était instable. JP étant un séducteur, il se laissait facilement charmer par de jeunes demoiselles qui lui tournaient autour au quotidien, et cela, Thierry ne pouvait pas le permettre. Le cœur d'Amélia ne devait et ne pouvait pas être brisé.

Pour préserver son amour de jeunesse, il se mit en tête d'éliminer toutes les personnes qui risquaient de la rendre malheureuse. Même s'il savait que cela était mal, seul le bonheur de son aimée comptait.

C'est ainsi que Thierry bascula du côté obscur et mit fin à la vie d'une dizaine de jeunes femmes innocentes.

Après une traque acharnée, il mit fin à ses jours ainsi qu'à ceux d'Amélia.

Plus tard, dans un de ses journaux intimes, on découvrit qu'Amélia aussi était éprise de Thierry, que la première fois qu'elle l'avait vu derrière sa porte, elle était tombée irrémédiablement amoureuse de lui. Elle attendait juste un signe de sa part pour qu'elle sache si cet amour était réciproque. Signe qui ne vint jamais.

Épilogue

Enora
3 décembre 2016

Ce matin, en prenant mon courrier, je trouve une étrange lettre dans ma boîte. Un message manuscrit de Thierry. Comme si de l'au-delà, il voulait terminer l'histoire une fois pour toutes, tout expliquer. Assise dans mon canapé, j'ouvre l'enveloppe avec une certaine appréhension. J'essaie de comprendre comment il a réussi à me faire parvenir ce mot un an après sa mort. Un ami ? Un complice ? Son frère ? Le mystère est entier. Mon cœur s'emballe au fur et à mesure que je découvre le contenu de la missive.

« *Lieutenant Quemener,*

Si vous recevez cette lettre aujourd'hui, c'est que je ne suis plus de ce monde. L'histoire s'est terminée telle que je l'avais imaginée.

Vous m'avez prouvé que la persévérance et le courage payent. J'espère que ces quelques lignes vous permettront définitivement de clore le chapitre de notre aventure.

J'ai vu pour la première fois Amélia le 13/10/1993 et cela a été pour moi un véritable coup de foudre. Elle serait alors la seule et unique femme de ma vie.

C'est le vingtième anniversaire de notre rencontre qui m'a fait basculer dans une folie meurtrière. J'ai infligé treize coups de couteau aux victimes, en l'honneur de cette date.

Quant aux yeux, je les leur enlevais pour les déshumaniser, je ne voulais plus qu'elles ressemblent à mon Amélia. Amélia était la seule et unique.

Vingt ans à refouler un amour unilatéral, vingt ans à voir la femme que j'aimais avec un autre, vingt ans à vivre dans l'ombre de cet homme, vingt ans de solitude et surtout, vingt ans de regrets...

Voilà, vous savez tout à présent.

Une dernière chose : en ce 3 décembre 2016, je vous ai réservé une dernière petite surprise. Un cadeau d'adieu, en quelque sorte.

J'espère qu'il vous plaira.

À très bientôt.

Cordialement Thierry O. »

Un cadeau, quel cadeau ? Je regarde dans l'enveloppe : à part sa lettre, il n'y a rien.

Connaissant le personnage, je me doute que ce sera un cadeau empoisonné. Et mon intuition est la bonne quand je reçois un appel de mon homme.

— Mon cœur, tu ne devineras jamais ce que je viens de recevoir. C'est surréaliste ! dis-je encore sous le choc de ma lecture.

Sans m'écouter, il balance sa bombe.

— Eno, une autre jeune femme a disparu hier soir.

— Quoi ?

— Une brune aux yeux bleus.

— Mais, c'est impossible. Il est mort sous nos yeux…

Je reste sonnée quelques instants, laissant tomber la lettre sur le parquet.

Tout cela n'est donc pas encore terminé…

A PROPOS DE MOI

Je suis Aëla Liper. J'ai 25 ans et une (grosse) poignée de mois. Je suis une Bretonne 100% pure beurre salé, accro au chocolat (encore plus que mes héroïnes), légèrement gaffeuse, hypocondriaque et un brin bordélique. La fille parfaite quoi !

J'ai commencé à écrire à neuf ans (mon cadeau de noël cette année là : une machine à écrire). Mais poussée par mes parents dans une voie scientifique, il aura fallu attendre d'être en école d'ingénieur et d'être encouragée par un professeur d'écriture, pour que je me lance (enfin) dans l'écriture d'un premier roman.

Mes trois premiers romans sont des comédies romantique

- Enquête(s), coup(s) de coeur & chocolats (Rebelle editions 2014).
- Mystères & boîtes de chocolats (Rebelle editions 2014).
- Une parisienne au bout du monde (Rebelle editions 2016).

Ce roman, Noyé dans ses yeux, est mon quatrième. Mon premier thriller.

Depuis j'ai écrit la suite d'une parisienne au bout du monde: Si moi sans toi (Rebelle editions 2017).

Je suis actuellement sur l'écriture de mon sixième roman. On ne m'arrête plus !

Printed in Great Britain
by Amazon

76747216R00121